KB120482

다로의 모험

【식민지 조선판 이상한 나라의 앨리스】

저자 | **김상덕**
역자 | **유재진**

學古房

- 본서는 2013년도 일본국제교류기금의 보조금에 의한 출판물이다.
  本書は平成25年度日本国際交流基金の補助金による出版物である。
- 본서는 2013년 정부(교육인적자원부)의 재원으로 한국연구재단의 지원을 받아 수행된 연구(KRF-2007-362-A00019)이다.

서문 ••

식민지 조선의 『이상한 나라의 앨리스』

　이 책은 식민지기 아동문학 작가 김상덕의 일본어 창작 장편동화 『다로의 모험太郎の冒險』(盛文堂書店, 1944)을 번역한 것이다. 일제강점기 한국의 많은 전래동화가 일본어로 번역되어 소개되었고 오늘날에도 일역 전래동화에 관한 연구는 심심치 않게 볼 수 있으나 식민지기 한국인 아동문학 작가가 일본어로 창작동화를 출간했다는 사실은 관련 연구자들은 물론이고 일반인들에게도 많이 알려지지 않았다. 일제강점기 말기 모국어를 박탈당한 우리네 아동문학 작가들, 특히 창씨명 김해상덕金海相德으로 이 작품을 발표한 김상덕은 이 땅의 아이들에게 어떤 이야기를 들려주고 싶었을까?

태평양전쟁이 발발하고 3년이 지난 1944년 일본 본토는 물론이고 식민지 조선도 전쟁 일색으로 물들었고 그 기운은 더욱 더 높아만 갔다. 당시 아이들은 더 이상 '어린이'가 아니라 '소국민'으로 불렸고 '대동아공영권 건설'을 위한 문화 활동 이외는 거의 허용되지 않는 상황이었다. 『다로의 모험』 원서 표지에는 학사모를 쓰고 교복을 입은 어린 남학생이 훈련용 장총을 들고 풀이 우거진 숲 속을 뛰어가는 모습이 그려져 있다. 마치 이 책이 예비 학도병인 '소국민' 다로가 황국을 위해 적진을 향해 돌진하며 펼쳐지는 험난한 모험담을 담고 있을 것만 같은 예감을 준다. 다행히 동화 속 다로는 예비 학도병이 아니라 천진난만한 아이로 그려져 있고 학사모도 장총도 나오지는 않지만, 동화 속 상상의 나라에서도 전쟁의 그림자가 짙게 드리워져 있는 것이 당시의 시대상을 고스란히 반영하고 있는 듯하다.

이 책이 흥미로운 점은 당시 적국인 영미권 서적의 유통과 읽기가 금지되었던 상황에서 영국 작가 루이스 캐럴Lewis Carrol의 『이상한 나라의 앨리스』를 번안했다고 할 수 있을 정도로 매우 유사한 이야기

구조를 갖고 있다는 사실이다. 식민지 조선에 살고 있는 일본인 소년 다로는 어느 날 소꿉친구 아이짱의 누나가 읽어주는 '앨리스'라는 소녀가 나오는 옛날이야기에 귀 기울이고 있다가 동화 속에서 등장한 조끼를 입고 시곗줄이 달린 회전시계를 달고 있는 토끼와 똑같은 토끼를 직접 보게 된다. 토끼가 준 알약을 먹고 몸이 작아진 다로는 토끼와 함께 꽃의 요정들과 눈 먼 생쥐들이 사는 땅 속 나라, 죄를 지은 토끼가 계수나무 밑에서 평생 절구를 찧어야 하는 달나라, 새까만 그림자들만 사는 태양의 나라, 그리고 아이들만이 사는 행복한 별의 나라로 신기한 모험을 떠나게 된다. 루이스 캐럴의 작품구조와 우리 전래동화 그리고 당시의 시대상이 어우러져 식민지 조선판 『이상한 나라의 앨리스』를 만들고 있다.

　서양 동화의 소개와 번역이 금지되고 전쟁 일색으로 모든 상상력이 메말라 있던 식민지 조선의 아이들에게 작가는 재조일본인 소년 다로의 신기한 모험을 통해 상상의 날개를 펼치고 환상의 세계에서 잠시나마도 현실을 잊게 해주고 싶은 것만 같다. 옮긴이로서 오늘날에도 『다로의 모험』은 충분히 재미있는 동화로서 읽힐 수도 있지만 무엇보다 식민지기 아동문학 연구의 새로운 자료로서 연구에 일조가 되기를 바라는 마음이다.

끝으로 이런 흥미로운 동화를 소개시켜 준 고려대학교 일본연구센터의 엄인경 교수님과 편집과 교열을 애써주신 학고방 박은주 차장님께 감사의 말씀을 전한다. 그리고 이 책이 나오도록 지원해 준 일본국제교류기금과 한국연구재단 관계자께도 고마움을 표하고 싶다.

2014년 3월

유재진

목차 ••

땅 속 나라

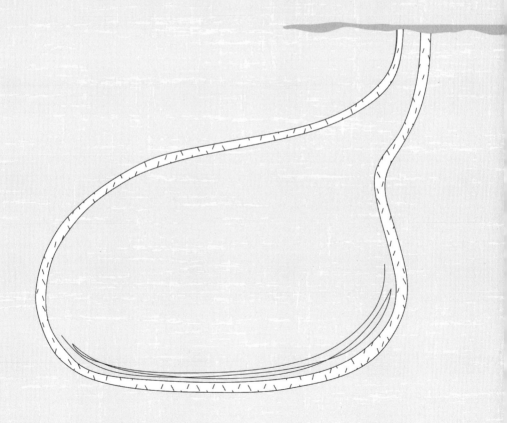

1

"새싹아, 나와라. 사탕 줄게. 새싹아, 나와라. 사탕 줄게."

다로太郎는 뽀얗게 쌓인 먼지를 손바닥으로 조용히 쓸어내면서 흥얼거렸습니다. 그러자 옅은 노란빛이 감도는 파릇한 새싹이 마치 '빨리 사탕 주세요'라고 말하듯 솔잎처럼 뾰족한 입을 쩍 벌리며 땅 속에서부터 머리를 내밀기 시작했습니다. 다로는 사탕을 주겠다던 약속은 잊어버리고 예쁜 새싹을 하나씩 하나씩 따서는 남김없이 바구니에 담았습니다. 새싹 잎을 한 바구니 가득 따서 옆집으로 가져가면 아이짱愛ちゃん이 '짝짝짝' 손뼉 치며 기뻐하는 모습을 볼 수 있습니다. 아이짱이랑 후쿠짱福ちゃ

ん, 쓰네짱常ちゃん, 준짱順ちゃん은 모두 뛰어나와서 다 같이 둘러앉아 그 잡초 싹을 가지고 짠지를 담그거나 모래에다 물을 섞어 밥을 짓습니다. 그러고는 다 같이 잔디밭에 누워 잠든 척하다 두꺼비 녀석이 염치없이 '꼬끼오'하고 닭 울음소리를 내면, 그제서야 모두 일어나 모래로 지은 밥과 잡초 짠지를 코앞에 갖다 대고 냠냠하며 너무 맛있다는 듯이 먹습니다. 즐거운 소꿉놀이 생각에 다로는 기분이 매우 좋았습니다.

아이짱네 집 뒤편에는 아이짱의 가재도구가 읍내 김양반 댁이 부러워할 만큼 멋지게 정리되어 있습니다. 깨진 밥공기는 훌륭한 짠지항아리가 되고 빈 깡통은 반듯한 간장병이 되고 사이다 병뚜껑은 접시가 되고 그 중에서도 특히 다로가 동네 쓰레기통에서 주워 와 아이짱에게 선물한 전등갓의 조각은, 어린 과학자들의 망원경이 되어 많은 사랑을 받고 있었습니다. 한 달 전 일식이 있던 날, 유리 조각에 먹물을 발라 태양을 쳐다본 아이들은 많았지만 이 하얀 전등갓 조각만큼 멀리 잘 보이는 망원경은 없었습니다.

2

태양이 서쪽으로 기울 즈음에는 즐거웠던 소꿉놀이도 점점 시큰둥해집니다. 후쿠짱과 쓰네짱은 이유도 없이 다투기 시작합니다. 결국 후쿠짱은 엉엉 울면서 자기 집으로 돌아가 버렸고, 준짱도 잡초 짠지를 뭉개버리고 말았습니다.

바로 그 때 아이짱네 누나가 직장에서 돌아왔습니다. 다로와 아이짱은 코에 달라붙은 모래 밥을 주먹으로 닦으면서 누나에게 달려갔습니다.

"옛날이야기 해주세요."

다로는 아이짱네 누나를 졸라댔습니다. 유치원 선생님이었던 아이짱네 누나는 다로나 아이짱이 옛날이야기 해달라고 조

15

땅 속 나라

르면, 언제나 유치원에서 아이들에게 말하듯 부드럽고 친절하게 옛날이야기를 들려주었습니다.

아이짱네 집 뒤편에 산이 있었기 때문에 지금까지 아이들이 놀고 있던 뒤뜰은 아이짱네 뒤뜰이기도 하지만 산자락이기도 합니다. 울타리도 담도 쳐져 있지 않았으니까요.

아이짱네 누나는 다로와 아이짱을 데리고 산 중턱까지 올라가 양지 바른 잔디 위에 앉았습니다.

"오늘은 재미있는 옛날이야기 책을 읽어줄게."

아이짱네 누나는 가지고 온 책을 펼쳤습니다.

"그거 재미있겠다! 빨리 읽어주세요."

다로와 아이짱은 누나 곁으로 바짝 붙어 앉았습니다. 그리고 얼마나 재미있는 이야기가 나올지 기다리고 있었습니다.

아이짱네 누나는 잠시 혼자 조용히 책을 보더니, 이내 입가에 가벼운 미소를 머금고 소리 내어 책을 읽기 시작했습니다.

"앨리스는 언덕에 얌전히 앉아 있는 것이 점점 싫어졌습니다. '앨리스라고 하는 것은 아이 이름이야. 후쿠짱이나 아이짱처럼 앨리스는 서양 여자아이의 이름이지. 알았지? 그럼 다시 읽을게.' 앨리스는 우연히 언니가 읽고 있던 책을 들여다보았습니다. 하지만, 그 책에는 그림도 없고 어려운 글자만 잔뜩 쓰여 있어서 전혀 재미가 없었습니다. 이렇게 재미없는 책을 뭐하러 읽을까, 하고 앨리스는 혼자 생각했습니다."

다로는 조용히 듣고 있다가 '아하! 앨리스는 아이짱이로구나' 하고 혼자 생각했습니다. 아이짱네 누나는 그런 다로의 생각에는 아랑곳하지 않고 계속해서 읽어갔습니다.

"그 날은 너무 더워서 아무것도 하기 싫었고 그냥 자고 싶다는 생각만 떠올랐습니다. 꽃바구니를 하나 만들어 보고 싶다고도 생각했지만, 꽃을 따는 것이 귀찮아서 그냥 그 자리에 앉아 있던 참이었습니다. 바로 그 때, 어디서 나타났는지 하얀 토끼 한 마리가 눈알을 요리조리 굴리면서 앨리스 옆을 지나갔습니다. 토끼가 혼잣말처럼 '어머 어떡하지, 정말 어떡하지, 이렇게 늦어서'라고 말한 것이 똑똑히 들렸지만, 앨리스는 조금도 이상하게 느껴지지 않았습니다."

'토끼가 말을 하다니. 흠. 이상하네.'

다로는 그럴 리가 없을 거라고 생각했습니다. 이런 생각을 하고 있으니 갑자기 '앨리스라고 하는 애는 어떤 소녀일까'하는 궁금증이 생겼습니다. '아이짱처럼 귀여운 여자아이일까? 하지만 아이짱처럼 귀여운 아이가 이 세상에 또 있을까?' 그런 생각을 하고 있는 사이에 아이짱네 누나가 읽어주고 있는 이야기를 잠시 놓쳐버리고 말았습니다. 이래선 안 되겠다 싶어 정신을 가다듬고 귀를 기울여보니 다시 책을 읽는 아름다운 목소리가 들렸습니다.

"토끼가 조끼에서 시계를 꺼내서 들여다 본 다음 다시 뛰어가는 걸 본 순간, 앨리스는 자기도 모르게 벌떡 일어나 버렸습니다. 이제껏 앨리스는 토끼가 조끼를 입는다는 것을, 그리고 그 조끼 안에 시계를 넣고 다닌다는 이야기는 들어 본 적이 없어서……."

거기까지 듣고선 다로는 다시 혼자 '훗'하고 웃었습니다.

'토끼가 조끼를 입다니, 시계를 갖고 다닌다니 …… 그럴 리

가 있나······.'

"하하하."

다로는 무심코 큰소리로 웃어버리고 말았습니다. 그러자 바로 뒤에서 누군가 가느다란 목소리로 말하는 것이 들렸습니다.

"왜요? 토끼가 조끼를 입으면 안 되나요?"

그 목소리는 분명 아이짱네 누나 목소리가 아니었습니다. 놀란 다로가 소리 난 쪽으로 돌아보니 거기에는 눈처럼 새하얀 토끼가 두 귀를 쫑긋 세운 채 웃고 있었습니다. 그리고 더 놀라운 사실은 그 토끼가 비단으로 만든 조끼를 제대로 입고 있다는 것이었습니다. 게다가 그 조끼에는 촌장님이 언제나 달고 다니시는 반짝반짝 빛나는 시곗줄이 매달려 있었습니다.

너무나도 신기한 광경에 다로가 놀라서 벌떡 일어서자 토끼는 쿡쿡 웃으며 말했습니다.

"다로님은 저희 토끼 같은 동물들을 하찮게 여기고 계신 거 같네요. 시계 같은 건 절대로 갖고 있을 수 없다고 생각하시는 것 같으니 오늘은 다로님에게 토끼 나라를 구경시켜 드릴까요?"

다로는 눈앞의 광경이 믿기 힘들 정도로 신기해서 아무런 대답도 못한 채 가만히 서 있었습니다. 그러자 토끼가 '저를 따라 오세요'라고 말하더니 먼저 사뿐사뿐 걸어가기 시작했습니다. 다로는 아이짱과 아이짱네 누나도 잊어버리고 이렇다 저렇다 생각할 틈도 없이 곧바로 토끼 뒤를 따라갔습니다. 토끼는 산을 넘어 마을 쪽으로 갔습니다. 다로가 토끼 뒤를 따라가면서 자세히 보니, 그 토끼는 어디선가 본 적이 있는 토끼였습니다. 더욱 주의해서 보니 그 토끼는 다름 아닌 마키쨩牧ちゃん네 집에 있는 네 마리의 토끼 중 가장 얼굴이 귀여운 토끼라는 걸 알아차렸습니다.

다로는 그 토끼에게 풀을 뜯어주거나 콩을 갖다 주면서 자주 놀아주곤 했습니다.

"너 마키쨩네 토끼 아니니?"

다로는 친한 친구라도 만난 듯이 불러보았습니다.

"저는 저를 잊어버리고 계신 줄 알았는데, 알아봐주시는군요. 어서 빨리 따라오세요."

토끼의 걸음이 너무 빨라서 다로는 도저히 쫓아갈 수가 없었습니다. 어느 샌가 토끼가 안보이게 되었지만 다로는 열심히 마키짱네 집을 향해서 뛰어갔습니다. 마키짱네 집에 가면 토끼를 다시 만날 수 있을 거라고 생각했으니까요.

땅 속 나라

3

다로가 마키짱네 집에 도착했을 때 토끼는 어느새 마당 구석에 있는 자기 집 안에 들어가 있었습니다. 신기한 것은 언제부터 입고 있었는지 모르겠지만 네 마리 토끼 모두 조끼를 입고 있었던 것입니다. 다로가 토끼들한테 다가가자, 토끼들은 앞다리로 철조망을 탁탁탁 치면서 웃었습니다.

"저렇게 느려서야."

"다로님, 오늘은 땅 속 나라를 구경시켜 드릴 테니 어서 이 안으로 들어오세요. 땅 속 나라로 들어가는 문이 이 안에 있어요."

하지만 다로는 그렇게 좁은 문으로 어떻게 들어가면 좋을지 몰라 머뭇거리고 있었습니다. 토끼집 문은 토끼 한 마리가 겨우 들어갈 수 있을 정도로 좁았거든요!

"어서 들어와요. 그 문을 열고 빨리 들어오세요."

토끼들이 일제히 재촉했습니다. 마치 다로가 들어오기 싫어서 들어오지 않는 것처럼 말이에요! 토끼들이 계속해서 '어서 어서'하고 재촉해서 다로는 어쩔 수 없이 머리를 집어넣어 보았습니다. 그러나 토끼보다 큰 다로의 머리가 그렇게 좁은 문속으로 들어갈 리가 없었습니다.

"아아! 몸이 저렇게 큰데 들어올 수 있을 리가 없지. 몸을 더 작게 만들지 않으면 안 되겠어.⋯⋯어서 이것을 먹어보세요."

속수무책인 다로를 보고 토끼 한 마리가 자기 주머니에서 약을 하나 꺼내주었습니다. 그 약은 사탕처럼 작고 동글동글한 모양이었습니다. 다로는 서둘러 그 약을 먹었습니다.

그러자 다로의 몸이 갑자기 작아지기 시작했습니다. 눈이 핑 돌더니 지금까지 그렇게 크게 느껴지지 않았던 마키짱네 집이 산처럼 크게 보였습니다.

'계속 이렇게 작아지다가 몸이 없어져 버리면 어떡하지'

다로는 걱정이 되었습니다. 하지만 점점 작아지던 몸은 어느새 작아지는 걸 멈췄고, 다로는 갑자기 몸이 가벼워진 것 같은 이상한 기분이 들었습니다.

주위를 둘러보니 방금 전까지 자기 키의 반도 채 되지 않았던 토끼집이 마끼짱네 집보다도 더 커 보이고, 방금 전까지 작아 보였던 토끼들도 자기만큼 커 보였습니다. 조금 전까지 머리도 채 들어가지 못했던 토끼집 문이 김양반 댁 대문보다도 높고 넓었습니다.

다로는 곧바로 토끼집 문 속으로 들어갔습니다.

4

이제껏 다로는 토끼집 뒤에는 절벽 같이 높은 담만 있다고 생각했습니다. 하지만 지금 그 속으로 들어가 보니 담 너머로 통하는 문이 있었습니다. 토끼 한 마리가 그 문을 열자 문 안쪽은 깜깜한 터널이었습니다.

"자아, 빨리 들어오세요."

네 마리 토끼들은 일제히 터널 속으로 뛰어갔습니다. 다로는 '마키짱이 네 마리 토끼 모두 터널 속으로 들어가 버려서 토끼집에 토끼가 한 마리도 없는 걸 보면 뭐라 할까'라는 걱정을 하면서 토끼 뒤를 쫓아갔습니다.

터널 안이 깜깜해서 다로는 어쩌면 좋을지 망설였습니다.

그러나 토끼 한 마리가 뒷다리를 들고 다로의 손을 잡아 주었습니다.

"이렇게 앞을 밝혀줄 테니 걱정하지 말고 따라오세요."

토끼의 말을 듣고 앞을 쳐다보니 갑자기 사방이 밝아졌습니다. 그것은 토끼 눈에서 나오는 불빛 때문이었습니다.

"너는 그 전기를 어디서 구했어?"

다로가 물었습니다.

"하하하, 이건 전기가 아니에요. 제 눈에서 나오는 불빛이에요."

"눈에서?"

"네. 언젠가 다로님이 제 눈은 유리알처럼 투명하고 보석처럼 광채가 난다고 하셨잖아요. 저희 눈은 그렇게 맑고 투명하기 때문에 이렇게 어두운 곳에 오면 빛이 나요."

어느 정도 뛰었을까. 조금 있으니 터널 안이 점점 넓어지고 점점 밝아졌습니다.

다로는 잡고 있던 토끼 발을 내려놓고 계속해서 따라갔습니다. 가면서 주위를 자세히 살펴보니 터널 좌우에는 어디서 나타났는지 생쥐 새끼들이 많이 모여서 뭔가를 열심히 먹고 있었습니다. 무엇을 그렇게 열심히 먹고 있나 좀 더 주의 깊게 쳐다보니 땅콩을 먹고 있는 것 같았습니다.

'생쥐들이라서 콩을 먹고 있나보다'

다로는 그렇게 생각했습니다. 그런데 계속 지켜보니 생쥐들은 콩을 먹고 있던 것이 아니라 콩을 만들고 있던 것이었습니다.

다로는 이 신기한 광경을 멈춰 서서 지켜보았습니다. 생쥐들은 여덟 마리가 한 조가 되어 일을 하고 있었습니다. 생쥐 한 마리가 두 발로 콩가루를 주물러서 콩 반쪽의 반죽을 만들어 놓으면 다른 생쥐 한 마리가 반쪽짜리 콩 두 개를 합쳐서 한 개의 콩을 만들었습니다. 그리고 또 다른 생쥐가 그 콩을 껍질 속에 넣고, 또 그 다음 생쥐가 그 껍질 위에 또 다른 껍질을 덧붙여서 진짜 콩처럼 딱딱하게 만들었습니다. 그리고 마지막 생쥐가 그 콩을 데굴데굴 굴려서 한 곳으로 모아두는 것이었습니다. 더 신기한 일은 그렇게 모아 놓은 콩 옆으로는 사다리가 여러 개 놓여 있어서 많은 생쥐들이 방금 만들어진 콩을 가지고 사다리를 타고 올라가 맨 위에 앉아 있는 생쥐에게 주면, 그 생쥐는 그 콩을 받아서 천장에서부터 늘어트려진 실에 동여매는 것이었습니다. 천장에는 콩이 셀 수 없을 만큼 많이 매달려 있었습니다. 간단하게 말하자면 여기는 생쥐 나라의 땅콩 제조 공장이었지만, 일하고 있는 생쥐들이 벙어리나 장님처럼 손으로 더듬어 가면서 작업하고 있는 것을 확실히 느낄 수 있었습니다.

다로가 일하고 있는 생쥐들의 모습을 넋을 잃고 쳐다보고 있으니 앞서 달려가던 토끼 한 마리가 되돌아 와서 빨리 가자고 다로의 손을 잡아 당겼습니다.

"저 생쥐들은 장님이야?"

다로가 토끼에게 물어보자, 토끼는 웃으면서 대답했습니다.

"네, 맞아요. 생쥐 나라에서는 장님이 태어나면 당신들 인간 세계에서처럼 경을 읽게 하거나 안마를 시키거나 하지 않고

29

땅 속 나라

모두 이 땅 속으로 데리고 와서 저렇게 일을 시키는 거예요. 이 장님 생쥐들은 겨울 동안 나무뿌리를 이로 갉아서 콩가루를 만드는 거예요. 그리고 봄이 오면 그 가루를 반죽해서 콩처럼 만든 다음 그 위에 껍질을 씌어서 저렇게 천장에 매달아 놓는 거예요."

다로는 토끼의 말이 도무지 믿기지 않아서 다시 물어보았습니다.

"콩을 만들어서 왜 먹지 않고 저렇게 매달아 놓는 거야?"

"콩은 만들어도 바로 먹을 수 없기 때문에 저렇게 매달아 놓는 거예요. 당신들 인간도 콩깻묵을 저렇게 매달아 놓고 발효시킨 다음 간장을 만들잖아요. 그거랑 똑같은 거예요. 생쥐들도 여름 내내 저렇게 매달아 놓고 발효시키는 거예요."

"그럼 그 동안은 무얼 먹고 살아?"

"그 동안은 장님이 아닌 생쥐들이 다른 사람들 것을 훔쳐 와서 먹여주는 거예요. 그 대신 겨울이 되면 추워서 아무도 훔치러 나갈 수가 없으니까 지금 매달아 놓은 것을 먹는 거예요.

31

땅 속 나라

하지만 요즘은 생쥐들 것을 또 훔쳐가는 사람들이 있어서 큰
일이예요."

"뭐? 생쥐들 것을 훔쳐가는 사람들이 있다고?"

다로는 점점 이야기에 빠져들어서 다시 물었습니다. 토끼도
자기 이야기에 신이 났는지 장황하게 말하기 시작했습니다.

"그러니까 세상은 참 재미있단 말이에요. 저기 천장에 매달
려 있는 덩굴은 나무뿌리예요. 나무뿌리는 물론 아무 잘못이
없지만, 요즘은 인간들이 땅콩을 훔쳐가려고 덩굴이 많이 나오
는 나무를 여기저기에 심어놓지요. 장님 생쥐들은 자기네 덩굴
인지 인간들이 심어놓은 나무 덩굴인지 알 수 없으니까 그저
나무뿌리로 된 덩굴을 보면 땅콩을 매다는 거죠. 결국 생쥐들
이 여름 내내 고생해서 만들어 놓은 땅콩을 인간들이 나무뿌
리를 잡아 당겨서 가져가버리는 거예요. 인간들도 생쥐만큼이
나 땅콩을 좋아하는 것 같아요. 그래서 요즘은 뿌리가 많이 나
는 나무를 심어요. 생쥐들은 인간들이 그런 나무를 많이 심으
면 심을수록 더 많은 땅콩을 도둑맞는 거죠. 지금은 저렇게 많

은 땅콩이 매달려 있지만 인간들이 뽑아 가면 절반도 남지 않
는다고 하더라구요. 가을이 와서 장님이 아닌 생쥐들이 그걸
보고는 장님 생쥐들이 부주의해서 도둑맞은 거라고 장님 생쥐
들을 혼내거나 때리기도 해요."

　이야기를 마치고 토끼는 주머니에서 시계를 꺼내 보았습니다.

　"이거 큰일 났다. 빨리 갑시다. 늦으면 안 돼요."

5

불쌍한 장님 생쥐들이 일하고 있는 땅
콩 제조 공장을 지나자 터널 안은 더 넓고 밝아졌습니다. 하지
만 눈에 안 보일 정도로 작은 벌레 같은 것들이 어수선하게 왔
다갔다 하는 것이 분명 무슨 큰일이 일어난 것 같았습니다. 다
로가 주의 깊게 바라보니 벌레 같은 것들은 사실 손가락만한
작은 난쟁이들이었습니다. 보면 볼수록 보통 인간들과 전혀 다
르지 않은, 단지 손가락만한 작은 난쟁이들이었습니다. 다로의
몸은 토끼 한 마리처럼 작아졌지만 난쟁이들과 비교하면 토끼
나 다로는 산처럼 컸습니다.

다로가 이 난쟁이들이 무엇 때문이 이렇게 어수선하게 우왕좌왕하는지 자세히 들여다봤더니 난쟁이들은 번갈아가면서 천장에 구멍을 내고 있는 것이었습니다.

난쟁이들은 작은 사다리를 수천 개나 세워 두고 그 사다리 밑에 핀처럼 예리한 바늘이 빽빽이 달린 모자를 수만 개 가져다 두었습니다. 그리고는 한 명이 모자를 쓰고 사다리를 올라가서 천장을 찌르면, 또 그 다음 차례의 난쟁이가 모자를 쓰고 사다리를 올라가서 천장을 찌르는 것이었습니다. 이 광경을 보고 다로는 소리 질렀습니다.

"뭐하고 있는 거야."

다로의 목소리는 그렇게 시끄럽지도 크지도 않았지만, 갑자기 지진이 일어난 것처럼 터널이 흔들리고 아수라장이 됐습니다.

난쟁이들이 천장에 걸쳐놓은 사다리가 쓰러지면서 사다리에 올라가 있던 난쟁이들이 떨어지고 깔리는 소동이 일어났습니다. 다로는 깜짝 놀라서 소리 지른 것을 후회했지만 이미 때는 늦었습니다. 난쟁이 나라에서 다로 때문에 생긴 피해를 조사해

보니 사다리에서 떨어져 죽은 난쟁이가 오십 명을 넘고, 다친 난쟁이가 백여 명, 부서진 사다리가 백여 개, 망가진 모자가 백여 개나 되었습니다. 다로는 죽은 난쟁이나 다친 난쟁이들을 보고 자신도 모르게 눈물을 글썽였습니다. 다로는 난쟁이들에게 어떻게든 피해를 보상하고 난쟁이들의 일을 돕고 싶다고 말했습니다.

"괜찮아요. 바깥세상에서 아이들이 놀다 넘어질 때마다 여기서는 이것보다 더 큰 소동이 일어나는 걸요. 그리고 이 난쟁이들은 인간이 아니라 풀의 요정들이에요. 이곳의 난쟁이들은 이런 소동을 자주 겪어서 이 정도는 아무렇지도 않게 생각한답니다. 그래서 연연하지 않고 계속해서 천장을 파는 거예요. ……여기에 이렇게 서 있어도 별 뾰족한 수가 없으니 빨리 가요."

토끼는 이렇게 말하고 다로를 끌고 갔습니다.

다로는 토끼에게 끌려가면서도 그 난장이들에게 미안해서 몇 번이나 울었습니다. 그러자 토끼가 위로하면서 말했습니다.

"저 난쟁이들은 정말로 인간이 아니에요. 풀의 요정들이에요. 죽어도 어쩔 수가 없어요. 계속해서 얼마든지 새로운 요정이 만들어지거든요. 정말 왜 이러세요. 자꾸 울기만 하고. ……
겨울에는 추워서 이 터널 속에 움츠리고 있지만 봄이 되면 땅위로 나오려고 저렇게 천장을 파는 거예요. 아직 흙이 딱딱해서 많이 고생하는 것 같지만 가끔 땅 위에서 아이들이 사탕 줄게 새싹아 나와라 하고 땅을 쓸어주면 도움이 많이 된대요."

"사탕 줄게 새싹아 나와라, 하면 새싹이 나오는데 어떻게 난쟁이들이 나올 수 있어?"

다로는 우는 걸 멈추고 물었습니다.

"풀의 요정들은 이 터널 안에서만 사람의 모습을 하고 있고 지상으로 나오면 풀의 모습이 되거든요. 그러니까 땅위에서 아이들이 새싹을 뽑으면 이 안에서는 요정들이 하나씩 죽어가는 거죠."

토끼는 웃으면서 알려주었다.

38

6

다로는 토끼에게 이끌려 점점 터널 안쪽으로 깊숙이 들어갔습니다. 들어가면서 주위를 둘러보니 군데군데 구멍이 나 있었고 수많은 작은 터널 입구가 여기저기서 보였습니다. 이 작은 터널 입구에는 '용무가 없는 자는 들어오지 말 것'이라거나 '누구든 들어오면 잡아 먹겠다'거나 '한 번 들어온 자 나갈 수 없음'이라거나 또는 '나의 잠을 방해하지 말 것'이라고 써 붙여있었습니다.

이 작은 터널 속에는 마음씨 나쁜 거미나 뱀 같은 흉악한 동물들이 살고 있고, 터널 입구의 팻말들은 이 동물들이 써 붙여 놓은 것이라고 토끼가 설명해 주었습니다.

그곳을 지나자 터널 안은 한층 더 넓어지고 한층 더 밝아져서 마치 땅 위의 대낮 같았습니다.

이곳의 땅은 모두 대리석으로 되어 있어서 얼음 위처럼 미끄러웠고 반짝반짝 광이 났습니다. 그리고 그 위로 아까 봤던 풀의 요정처럼 작지만 그들과는 다른 난쟁이들이 파랑, 노랑, 빨강 등 각자 다른 색깔의 옷을 입고 춤추면서 지나가는 것이 보였습니다. 풀의 요정들과 다른 점은 풀의 요정들은 모두 파란색 옷을 입고 있었는데 이곳의 요정들은 색색의 옷을 입고 있다는 것이었습니다. 아까 봤던 요정들은 풀의 요정들이고 지금 만난 요정들은 '꽃의 요정'이라고 토끼가 그 이유를 설명해주었습니다.

앉아서 천천히 기어 다니는 난쟁이는 달맞이꽃의 요정, 거드름 피우듯 앉아서 실타래를 감고 있는 할머니 요정은 여랑화女郎花의 요정, 얼굴 여기저기에 곰보자국이 있는 노란 두루마기를 입은 난쟁이는 개나리꽃의 요정이라고 토끼는 이어서 설명해주었습니다.

이들 꽃의 요정들은 한 무리씩 모여서 손을 잡고 빙글빙글 돌면서 걷거나, 춤을 추면서 노래를 부르고 있었습니다. 그 노랫소리가 너무나도 아름다워 다로는 이제껏 이렇게 아름다운 합창소리는 들어 본 적도 없었고 앞으로도 들을 수 없을 것이라고 생각할 정도였습니다. 그들이 부르는 노래는 이런 노래였습니다.

어서 어서 봄이 와서
부슬부슬 비가 내리면
우리 친구들 모두
세상 구경하러 나갑세

들판에 가서 피고
산언저리 가서도 피네
바위 밑에 숨어 피고
논밭에서도 우리는 피네

아파 누운 아이를 웃게 하고
나이 든 이를 위로하며
세상 사람들 모두 벗 삼아
어서 어서 가서 피세

다로는 오랫동안 요정들의 춤과 노래를 들으면서 그들이 입은 옷을 보고 '이건 무슨무슨 꽃의 요정! 저건 무슨무슨 꽃의 요정'이라고 맞추면서 혼자 기뻐했습니다.

그 때, 꽃의 요정 나라에서도 갑자기 큰 소란이 일어났습니다. 덜커덩, 덜커덩! 덜커덩, 탁탁하며 무너지는 큰 소리가 여기저기서 들렸지만 이런 소란스러운 소리 사이로 희미하게 나팔 소리가 들려왔습니다. 나팔 소리가 울려 퍼지자 지금까지 춤추며 돌고 있던 꽃의 요정들이 '와아'하며 일제히 지하실 속으로, 터널 속으로 들어가 버렸습니다. 모두 사라져 조용해진 꽃의 나라에는 단지 나팔 소리만이 모기 우는 소리처럼 작게 울려 퍼졌습니다. 다로가 무슨 일이 일어났는지 몰라 어리둥절

땅 속 나라

해 하자 토끼가 작은 목소리로 '전쟁이에요'하고 가르쳐주었습니다.

지금까지 무인도처럼 조용했던 꽃의 나라는 여기저기 줄지어 출전하는 군인들로 가득 찼습니다. 총을 가진 부대, 바늘 같은 창을 든 부대, 연필 반 정도 길이의 대포를 끌고 가는 부대, 파리를 타고 날아가는 비행부대 등등 각양각색의 부대들이 앞 다투면서 적을 향해 진격했습니다.

"도대체 누구랑 전쟁을 하는 거야?"

다로가 토끼에게 물었습니다.

"저 언덕 너머에 사는 개미 나라와 전쟁이 시작된 거예요. 저희들은 가끔 이런 광경을 보지만 다로님은 처음이시죠? 잠시 구경하고 갈까요?"

토끼가 대답했을 때 저쪽 언덕에서부터 '꽝'하고 커다란 소리가 울려 퍼졌습니다.

"대포를 쏜 거예요."

토끼가 말했습니다.

"개미 나라와 왜 싸우게 된 거야?"

다로의 말이 채 끝나기도 전에 '와아아' 하는 함성과 함께 '따따따 따따따' 총성이 울려 퍼졌습니다.

"이제 큰 전쟁이 시작될 거예요."

토끼는 그렇게 말하면서 앞다리로 머리를 쓰다듬었습니다.

"꽃의 나라에게 승산이 없겠네요. 꽃의 요정도 용감하지만 싸울 때 개처럼 물어대는 개미에게는 당할 수가 없죠.……어머, 어머, 벌써 맞붙어 싸우기 시작했네요. 파도처럼 밀어닥치는 개미떼 앞에서는 총도, 대포도 창도 별로 쓸모가 없어요."

토끼가 가리킨 곳을 보니 정말로 이쪽 언덕 중턱에서 꽃의 요정과 개미가 서로 붙어서 큰 싸움을 벌이고 있었습니다. 꽃의 요정 한 마리에 네다섯 마리의 개미들이 달려들었기 때문에 아무리 애를 써도 꽃의 요정들한테는 어려운 싸움이었습니다. 파리를 탄 비행부대가 열심히 돌멩이 폭탄을 개미에게 던졌지만 폭탄에 맞아 죽는 개미는 별로 없었습니다.

한동안 큰 싸움이 벌어진 뒤에 사방에 개미나 꽃 요정들의 시체가 널리게 되자 꽃의 요정들은 어쩔 수 없이 후퇴하기 시작했습니다. 후퇴하면서 꽃의 요정들은 한쪽 방향으로 집중해서 이중 삼중으로 진을 쳤습니다. 개미들도 그 한쪽으로 공격을 집중하기 시작했습니다. 꽃의 요정들이 진을 친 곳에는 무언가 매우 중요한 것이 있는 것처럼 보였습니다.

"지금 저쪽을 개미들한테 당하면 올해는 나비가 한 마리도 땅 위로 나올 수 없게 돼요."

"왜 나비가 못나오는데? 뭔가 이유가 있어?"

토끼의 말에 다로가 물었습니다. 토끼는 잠시 후에 이렇게 대답했습니다.

"지금 꽃의 요정들이 열심히 지키고 있는 저곳에는 나비의 번데기가 가득 들어 있어요. 꽃은 언제나 나비를 사랑해요. 나비가 없으면 꽃이 아름답게 피어도 재미가 없다고 하네요. 나비는 여름 한 철을 살고 알을 낳고 죽어버리잖아요. 나비가 죽기 전에 낳은 알이 번데기가 되는 거예요. 번데기가 겨울 내내

잠을 자고 봄이 오면 나비가 되어 땅 위로 나와요. 그 번데기를 꽃의 요정들이 겨울 내내 보호해 주는 거죠. 그런데 개미들은 그 번데기를 먹는 걸 매우 좋아하거든요. 번데기는 개미가 제일 좋아하는 거니까요. 그래서 가끔 개미 군대가 쳐들어 와서 번데기를 빼앗아 가거나 훔쳐가거나 하는 거지요. 개미들의 식량이 풍부할 때는 괜찮지만 올해는 흉년이어서 개미들의 식량도 다 떨어져가는 것 같아요. 저는 매년 이 전쟁을 보는 데 올해처럼 격한 전쟁은 이제껏 본 적이 없어요. 식량은 떨어지고 지상에 나가기에는 너무 이르고 개미가 저렇게 기를 쓰는 것도 이해는 할 수 있지만, 저렇게 기를 쓰고 덤벼들게 되면 꽃은 막을 방법이 없어요. 이미 번데기를 모두 빼앗기고 지금 지키고 있는 저것 하나밖에 남지 않았어요. 저것마저 빼앗기게 되면 올해는 나비가 춤을 추지 않을 거예요. 어머, 어머, 개미들의 총공격이네요. 꽃의 요정들이 전멸할 거 같아요."

토끼는 다로를 꽉 움켜잡았습니다.

7

다로는 나비가 한 마리도 땅 위로 나오지 못한다는 말에 논, 밭, 들판을 날아다니는 노란, 하얀 나비들의 아름다운 모습을 떠올렸습니다. 그러자 번데기를 먹으려고 하는 개미들이 점점 미워졌습니다.

개미들은 힘을 내서 이번에는 일제히 달려들어 최후의 결전을 시도하기 시작했습니다. 꽃의 요정들이 번데기를 묻어 놓은 곳을 필사적으로 지키려고 했지만, 창이 모자라고 힘도 떨어져서 결국 전부 무너져 내리고 말았습니다.

다로는 더 이상 지켜보고만 있을 수 없었습니다.

"나비가 없어지게 내버려둘 수는 없지."

다로는 이렇게 외치고 격전 속으로 뛰어 들어가 개미들을 닥치는 대로 밟아 죽이기 시작했습니다. 몸이 작아져서 기껏 해 봐야 한 번에 네다섯 마리 정도 밖에 죽일 수가 없는 게 화가 날 정도였습니다. 이에 개미들도 질세라 다로의 다리에 수십 마리가 달려들어 힘껏 다로를 물기 시작했습니다. 하지만 흥분한 다로는 아픈 것도 잊고 열심히 개미를 밟아 죽였습니다.

다로가 밟아 죽인 개미가 수백 마리를 넘었을 쯤에 처음으로 개미들이 공격을 포기하고 도망치기 시작했습니다. 다로는 도망치는 개미들을 쫓아 가서 한 마리도 보이지 않게 될 때까지 물리치고는 토끼가 있는 곳으로 돌아왔습니다.

번데기를 빼앗기지 않은 데다가 전쟁에서 이기고 목숨까지 부지하게 된 꽃의 요정들은 너무 기쁜 나머지 다시 손에 손을 잡고 빙글빙글 돌며 춤을 추고 노래를 부르기 시작했습니다.

하지만 다로를 안내해 준 토끼는 걱정이 이만저만이 아니었습니다. 토끼는 다시 시계를 꺼내 보더니 길을 재촉했습니다. 다로는 개미가 문 곳을 손으로 만지며 토끼 뒤를 쫓아 뛰어갔습니다.

8

얼마나 왔는지 어느새 터널 밖으로 빠져나오자, 그곳에는 약간 높은 산이 있었습니다.

그 산에는 어느새 봄이 지나가고 더운 여름이 와 있었습니다. 풀이 쑥쑥 자라 다로의 키보다 높게 우거져 있어서 길을 걷기조차 힘들었습니다. 다로는 앞서 가는 토끼가 점프를 하며 즐겁게 뛰어가는 것을 보면서 생각처럼 앞으로 나아가지 못하는 자신이 싫어졌습니다. 게다가 메뚜기가 머리 위를 뛰어 넘으면서 검은 침을 다로의 얼굴에 뱉는 것도 참기 힘들었습니다. 그래서 다로는 앞서 가는 토끼를 불러 세워서 부탁을 했습니다.

"이제는 이 땅 속 나라도 꽤 넓어진 거 같으니까 내 몸도 도

로 크게 해주지 않을래? 이대로는 못 견디겠어. 몸이 커지는 약
을 줘."

  하지만 토끼는 재미있다는 듯이 히죽히죽 웃으면서 이런 노
래를 부르기 시작했습니다.

  토끼 나라 구경은
  토끼만한 키로
  토끼만한 몸으로
  토끼 나라는 구만리
  앞으로 앞으로 나아가자

  토끼 나라 구경은
  작아지는 약뿐
  커지는 약은 없다네
  입은 있어도 잠자코
  앞으로 앞으로 나아가자

다로는 커지는 약이 없으면 다시 원래의 모습으로 되돌아가지 못하고 언제까지나 이렇게 작은 사람으로 있어야 할지 모른다는 생각에 당황했지만, 이상하게도 그것이 슬프지는 않았습니다.

잠시 걸어가니 넓고 넓은 잔디 들판이 나왔습니다. 발밑에 닿는 잔디의 감촉과 산들산들 불어오는 실바람이 기분 좋게 느껴져 다로의 기분 역시 상쾌하고 유쾌해졌습니다.

"어서 오세요. 빨리 오지 않으면 먼저 가버릴 거에요."

어디선가 이런 목소리가 들렸습니다. 그 소리를 들은 토끼는 '어서 갑시다. 빨리 가지 않으면 못 탈지도 몰라요'하며 갑자기 서둘러 뛰기 시작했습니다. 다로도 뒤쳐지지 않으려고 달리기 시작했습니다. 하지만 다로가 아무리 빨리 뛰려고 해도 호흡만 가빠질 뿐 조금도 빨리 달릴 수가 없었습니다. 보통 같으면 일고여덟 발자국이면 갈 수 있는 곳이었지만, 지금은 몸이 작아졌기 때문에 수십 발자국을 뛰지 않으면 안 되었습니다. 잠시 뛰다보니 앞쪽에 눈알이 크게 튀어 나온 무섭게 생긴 것들이 나란히 서서 처음 들어보는 '지지지지지' 하는 이상한 소리를 내고 있는 것이 보였습니다. 다로는 무서워서 그대로 멈춰서고 말았습니다. 무서움을 참고 조금씩 가까이 가서 자세히 관찰해 보니 그것은 잠자리 수 백 마리가 나란히 줄지어 서 있는 모습이었습니다. 그리고 바로 그 뒤로 기차 같이 생긴 차가 한 대 서 있었는데, 그 안에 타고 있는 토끼들의 얼굴이 모두 보였습니다. 제일 앞쪽의 높은 곳에는 하얀 머리가 삼척^{(약} 90cm)이나 늘어진 노인 토끼가 앉아서 종을 울리고 있었습니다. 그리고 그 노인 토끼는 '어서 타세요, 바로 출발하겠습니다'라고 커다란 소리로 다로와 토끼를 불렀습니다. 다로는 마키짱네 할아버지와 꼭 닮은 이 노인 토끼가 신기하다고 생각했습니다.

'마키짱을 만나면 마키짱네 할아버지를 닮은 토끼를 봤다고 얘기해 줘야지'

마음속으로 이런 생각을 하고 있으니 '빨리 타세요'라며 토끼들이 다로를 끌어당겼습니다. 다로는 차를 타면서 '어디로 가는데?'라고 토끼들에게 물었지만 토끼들은 아무런 대답도 하지 않고 일제히 노래를 부르기 시작했습니다.

구천십리 구만백리
멀고 먼 토끼의 나라
훨훨 날아서 훨훨 날아서
한 번 가면 그만이에요

그 노래를 듣고 맨 앞에 앉아 있던 노인 토끼가 마키짱네 할아버지처럼 찍하고 침을 뱉더니 종을 딸랑딸랑 울리면서 마부처럼 고삐를 잡아당겼습니다. 그러자 펄럭펄럭 펄럭펄럭하고 수백 마리의 잠자리가 날아올랐습니다. 다로가 타고 있는 차가 덜커덩하고 흔들릴 새도 없이 떠올라 높이높이 하늘로 날아갔습니다.

달나라

1

다로는 토끼와 함께 수백 마리의 잠자리가 끄는 차를 타고 하늘로 하늘로 올라갔습니다. 얼마만큼 올라갔을까요. 차가 땅에 닿자 거기에는 넓고 넓은 초원이 펼쳐져 있었고, 전 세계의 토끼들이 모두 그곳에 모였는지 토끼들이 셀 수 없을 만큼 많이 있었습니다. 토끼 이외의 동물은 한 마리도 보이지 않았고 토끼들만이 살고 있었습니다. 다로는 지금 토끼의 나라에 온 겁니다.

토끼의 나라에는 정말 토끼만 살고 있는지 어디를 가든 토끼밖에 없었습니다. 그리고 이 곳의 토끼집은 마키짱네 집에 있던 석유상자로 만든 토끼집이 아니라 인간들이 사는 집처럼 서양식 집도 있고 기와지붕 집도 있고 또 양철지붕 집도 있었습니다.

눈에 보이는 모든 것이 신기했던 다로는 여기 저기 바삐 눈을 돌렸습니다. 그러자 저쪽에 하늘의 반을 가릴 정도로 커다란 나무가 서 있었습니다.

"와아, 저 나무는 정말 멋지네."

다로는 자기도 모르게 탄성을 질렀습니다. 그러자 토끼가 기다렸다는 듯이 대답했습니다.

"저 나무 아주 크죠. 저렇게 크니까 인간 세계에서도 보인다고 하지 않겠어요."

"저건 무슨 나무야?"

"저건 계수나무예요. '달아, 달아, 밝은 달아, 계수나무 비치는 달아'라는 노래도 있잖아요."

"아! 그럼 여기는 어디야?"

"어디라니요? 당연히 달나라죠."

"뭐라고?"

다로는 정말로 놀랐습니다. 달나라의 계수나무가 저렇게 크기 때문에 지구에서도 보이는 거구나! 하고 넋을 잃고 보고 있다가 그냥 보고만 있을 수는 없어서 자신도 모르게 계수나무 쪽으로 뛰어갔습니다. 나무 가까이 다가가자 어디서인가 '쿵, 쿵' 하는 이상한 소리가 계속해서 들려왔습니다. 더 가까이 가서 보니 그 소리는 계수나무 밑에서 토끼가 절구를 찧고 있는 소리였습니다. 계수나무 바로 밑에는 절구통 하나가 놓여 있었고 나이 든 토끼가 등을 구부린 채 앞다리로 절구공이를 잡고 절구를 '쿵, 쿵'하며 찧고 있었습니다.

그 모습을 본 다로는 '와아! 정말로 토끼가 절구를 찧고 있네'하고 생각하며 손뼉을 치면서 좋아했습니다.

다로는 점점 즐거워져서 그 늙은 토끼가 절구를 찧고 있는 모습을 오랫동안 보았습니다. 한가지 신기한 점은 그 늙은 토끼가 한참이나 절구를 찧고 있는데도 불구하고 아무도 도와주지 않는다는 것이었습니다.

2

한참 그 광경을 보고 있던 다로는 늙은 토
끼를 불렀습니다.

"토끼 할아버지, 절구를 찧고 있는 토끼 할아버지."

"왜?"

토끼 할아버지는 절구를 내리치는 손을 멈추지 않고 얼굴만
들어 올리면서 대답했습니다.

"할아버지는 허리 아프지 않으세요? 그렇게 혼자서 절구를
찧고."

다로는 늙은 할아버지가 가엾어서 그렇게 물었습니다. 그러
자 늙은 토끼가 한숨을 내쉬면서 대답했습니다.

"모두 내 탓이지. 어쩔 수 없단다. 이 벌을 받을 수밖에 없는 죄를 지었으니까."

"뭐라고요? 죄라고요? 어떤 죄를 지으셨는데요?"

"죄? 그렇지. 죄를 지었기 때문에 벌을 받고 있는 거란다. 무슨 죄냐고? 웃긴 이야기지만 내가 거북이랑 경주하면서 건방지게 도중에 잠들어 버려서 진 죄지."

"뭐라고요? 거북이와 달리기 경주를 한 토끼가 할아버지였어요? 그 이야기는 우리도 교과서에서 배워서 알고 있어요."

"그렇단다. 젊었을 때 나는 토끼 나라의 마라톤 왕이었지. 어느 날 거북이 나라의 마라톤 왕과 경주를 하게 되어서 내가 토끼 나라를 대표해서 나간 거야. 그 때 한숨만 자고 뛰어도 좋았을 것을 내가 그만 다시 잠들어버린 거야. 나도 참 시건방졌지. 눈을 떴을 때는 이미 거북이는 결승점에 도착한 뒤였단다."

"그랬군요."

"그래서 거북이에게 지고 만 거란다. 그 후가 큰일이었지.

토끼 나라에서는 나 때문에 토끼 나라의 명예가 더럽혀졌다고 내게 벌로 종신형을 내렸단다. 어쩔 수 없었지. 법률이 그랬으니까."

"그럼 할아버지 토끼는 올해로 몇 년 째 그 벌을 받고 계신 건가요?"

"나도 잘 모르겠다. 너무 오래 되어서 말이다. 하지만 어디 보자, 적어도 오천 년은 넘었겠구나. 올해로 내 나이가 오천하고도 스물다섯이니 거북이랑 경주했을 때 내가 스물두 살이었으니 말이다."

"오천 년? 도대체 할아버지 토끼는 몇 살까지 사시는 거예요?"

"그건 나도 모르지. 목숨은 하늘에 달려 있는 것이니까. 언제가 되어야 죽을 수 있을런지 오히려 그날이 기다려지는구나. 살아 있어봤자, 종신형으로 고생만 할 뿐이니까 말이다. 하지만 병에 걸리지 않는 한 앞으로 만 년은 더 살 수 있을테니, 정말로 곤란하지 뭐니......아이고, 허리야."

늙은 토끼는 허리를 두드리면서 다시 절구를 찧기 시작했습니다. 그 모습을 지켜보고 있던 다로는 이 늙은 토끼에게 깊은 연민의 정을 느꼈습니다. 단 한 번의 실수로 한평생 벌을 받게 되다니 너무 가혹하다고 생각했습니다.

'토끼 할아버지, 잠시 동안만이라도 제가 대신해 드릴게요'라고 다로가 말하려고 하자 뒤에서 '이 놈!'하고 호통을 치는 소리가 크게 들렸습니다. 놀란 다로가 뒤돌아보자 검은 윗도리와 검은 모자를 쓰고 긴 칼을 허리에 찬, 눈알이 무섭게 생긴 토끼가 거기 서 있었습니다. 그 토끼는 토끼나라의 순사였습니다.

"죄인이 일하고 있는 걸 방해해서는 안 된다. 저리 가라."

토끼나라의 순사가 엄하게 명령했습니다. 다로는 이 토끼 순사가 그렇게 무섭지는 않았지만 다른 데도 구경하고 싶다는 생각에 그곳을 떠났습니다. 그리고는 방향도 정하지 않고 어슬렁어슬렁 걷기 시작했습니다.

3

얼마나 돌아다녔는지는 모르겠지만, 어느
새 다로는 강가에 도착했습니다. 강가에는 아무도 없었고 강기
슭에도 배 한 척 없었습니다. 그저 맑은 물만이 세차게 흐르고
있을 뿐이었습니다. 다로는 그 강가를 따라 걸어갔습니다. 잠
시 걷다보니 이번에는 커다란 바다가 나왔습니다. 바닷가 저편
의 모래사장에서 빨간 색의 무언가가 움직이고 있는 것이 어
렴풋이 보였습니다. 그리고 소가 우는 듯한 소리도 함께 들려
왔습니다.

다로가 가까이 다가가 살펴보자 빨간 털이 난 강아지들이
커다란 동물 한 마리를 밧줄로 묶고 열심히 잡아당기고 있는

것이 보였습니다. 묶여 있는 동물은 다로가 여태껏 한 번도 본
적이 없는 신기한 동물이었습니다. 얼핏 보면 뱀 같기도 했지
만, 머리에는 긴 뿔이 좌우로 두 개씩 나 있고 두 눈에서는 번
쩍번쩍 불빛이 나왔습니다. 몸 크기는 토끼처럼 작아진 다로와
비슷비슷할 정도였지만 그 목소리만큼은 몸집에 어울리지 않
게 커다랗게 울려 퍼졌습니다. 지금이라도 빨간 강아지들로부
터 벗어나려고 필사적으로 큰 소리를 내지르고 있는 것이었습
니다.

다로가 더 가까이 다가가자 이제껏 밧줄을 열심히 잡아당기
고 있던 강아지들이 일제히 바다 속으로 도망쳐 버렸습니다.
다로는 강아지들이 자기를 보고 도망치는 것이 우스워 강아지
들이 헤엄치는 것을 보며 웃었습니다. 그 때 뒤쪽에서 '끄윽,
끄윽'하고 꿈틀거리는 소리가 들렸습니다. 다로가 뒤돌아보자
방금 전까지 묶여있던 괴물이 열심히 밧줄을 풀고 있었습니다.
다로는 그 괴물이 무서워서 조금 떨어진 곳에서 그 모습을 지
켜보고 있었습니다.

어느새 밧줄을 끊고 자유의 몸이 된 괴물이 이번에는 다로를 노려보기 시작했습니다. 흉악하게 생긴 얼굴에 달린 빛나는 두 눈과, 여섯 개나 되는 팔다리가 다로를 한층 더 무섭게 했습니다. 다로를 노려보던 괴물이 일자로 열린 입가에서 거품을 부글부글거리고 침을 흘리면서 어슬렁어슬렁 다로 쪽으로 다가오기 시작했습니다.

다로는 너무 무서워 도망치려고 했지만 괴물이 내짖는 '끄윽, 끄윽'하는 소리에 놀라서 도망치지도 못한 채 '살려주세요'라고 외치며 그 자리에 주저앉고 말았습니다.

72

4

괴물이 덤벼드는 순간 다로는 '난 이젠 죽었다'라고 생각했습니다. 그리고는 이런 위기에 처한 사람들 대부분이 그렇듯, 눈을 감고 몸을 움츠린 채 가만히 있었습니다.

신기하게도 한참 눈을 감고 있어도 다로는 죽지도 않고, 물리지도 않은 데다가, 정신까지 똑바로 차리고 있었습니다. 조심조심 눈을 떠보니 모래사장에는 아무도 없고, 이번에는 넓은 사막 한가운데에 자기 혼자 앉아 있었습니다. 다로는 위험한 상황에서 벗어난 것에 안도의 한숨을 내쉬고 가슴을 쓸어내리면서 주위를 둘러보았습니다. 하지만 주변에는 쥐새끼 한 마리도 보이지 않았습니다. 다로는 신기한 일도 다 있네 하고 생각하며 일어서다가 우연히 아래를 내려다보게 되었습니다. 땅에는 자기가 지금까지 앉아있었던 바로 앞까지 정체를 알 수 없는 이상한 발자국이 찍혀있었습니다. 다로는 그 발자국으로 분명 괴물이 자신을 해치려고 했다는 것을 알 수 있었습니다. 그렇지만 왜 괴물이 자기에게 어떠한 해도 가하지 않고 갑자기 어디론가 사라졌는지는 알 수 없었습니다. 다로는 이 사실이 매우 신기했습니다.

다로는 무슨 일이 또 일어날지도 모른다고 생각하며 자기가 걸어 온 길을 곁눈질도 하지 않은 채 뛰어갔습니다. 마치 늑대가 쫓아오는 것처럼 열심히요.

"다로님 왜 그러세요?"

어디서 나타났는지 갑자기 마키짱네 토끼나 길을 가로막고 다로에게 물었습니다.

"오, 마키짱네 토끼야. 이제 안심이다. 나 아주 무서운 걸 봤어."

숨을 헐떡거리면서 다로가 대답했습니다.

"뭘 보고 그렇게 놀라신 거예요? 토끼나라에는 그렇게 무서운 건 없어요."

"그럴 리가 없어. 하마터면 잡혀 먹힐 뻔 했단 말이야."

다로는 방금 전의 무서운 경험을 말해주었습니다.

"그럼 바닷가에 가신 거군요."

토끼는 아무렇지도 않게 말을 이었습니다.

"그건 용의 새끼예요. 바닷가에 가끔 나타나지만 결코 무모한 짓은 하지 않아요. 용의 새끼를 보고 그렇게 놀라면 어미 용을 보면 기절하시겠네요. 어미 용은 산처럼 커다란 몸집에 이빨 하나가 집 한 채만한 크기예요."

"그래? 그런데 왜 빨간 강아지들이 용의 새끼를 괴롭히고 있었지?"

"뭐라고요?"

토끼는 무서운 이야기를 들었을 때처럼 당황하면서 다로를 껴안았습니다.

"그게 사실이에요? 강을 건넜나요? 도대체 어디로 갔었던 거예요?"

토끼가 연달아 질문을 했습니다. 다로는 자기를 보고 도망친 강아지들을 토끼가 이렇게 무서워 한다는게 이해가 되지 않아서 쿡쿡쿡하고 웃었습니다.

"빨리 말해주세요. 설마 강을 건넌 건 아니죠?"

토끼는 계속해서 집요하게 물었습니다.

"강을 건너면 안 돼?"

다로가 반문하자 토끼는 펄쩍 뛰면서 얼굴이 새파랗게 질렸습니다.

"정말이에요? 강을 건넜나요?"

"아니, 강은 안 건넜어."

"아휴, 다행이다."

토끼는 가슴을 쓸어내렸습니다.

"왜 그래? 강을 건너면 어떻게 되는데?"

"다로님이 우리나라 사정을 모르셔서 그러는 거예요. 강을 건너면 토끼 나라가 아니라 개의 나라예요. 개는 정말이지 말도 안 되게 흉악한 동물이에요. 개는 화를 내면 태양도 겁내지 않고 덤벼드는 걸요. 개들은 가끔 태양에게 덤벼들어서 태양의 뺨을 한 입 물고 와요. 때로는 태양조차도 무색해진다고 하잖아요."

"개가 태양을 문다는 이야기는 들어봤지만 그 개가 아까 그 개야?"

"네, 그래요. 매우 흉악한 녀석들이에요. 이유도 없이 우리 나라를 쳐들어와서는 저희들을 괴롭히지요. 전쟁을 삼시 세끼보다 더 좋아한다니까요. 힘이 센 녀석이 어쨌든 제일이니까, 저희는 될 수 있는 한 개의 나라와는 인연을 맺지 않으려고 노력하는 거예요."

"하지만 강아지들이 나를 보고 도망갔는데."

"뭐라고요?"

토끼는 다시 한 번 놀랐지만, 다로의 이야기를 처음부터 다시 듣고는 뭔가 결심한 듯이 '뭐 괜찮겠죠'하며 억지로 웃어보였습니다.

5

"그보다 곧 있으면 해도 저물텐데 우리나라의 축제라도 구경하실래요?"

토끼는 다로를 재촉하며 걸어가기 시작했습니다.

"축제라니 무슨 축제인데?"

토끼를 뒤쫓아 가면서 다로가 물었습니다.

"우리나라에서는 옥황상제님을 위한 축제를 열어요."

"왜?"

"저도 자세히는 잘 모르지만 우리나라의 풍속이에요. 어른들 말씀에 따르면 하루라도 축제를 게을리하면 엄벌을 내리신다네요. 옥황상제님께서 화를 내시면 저희 토끼나라는 한꺼번에

멸망해 버릴 수도 있대요. 그래서 우리나라에서는 하루도 빠짐없이 축제를 여는 거예요."

이런 이야기를 주고받으면서 잠시 걷다보니 높은 땅 위로 동그란 제단이 마련된 커다란 집 두세 채를 발견했습니다. 재단 위에서는 제물을 익힐 불의 연기가 붉게 노을진 저녁 하늘로 높이 올라가고 있었습니다.

"제물이 뭔데?"

"옛날에는 쌀을 내놓기도 하고 일 년에 한 번쯤 토끼 나라에서 제일가는 미인을 골라 제물로 바치곤 했지만 지금은 저것들을 한 마리씩 제물로 바쳐요."

토끼는 한쪽을 손가락으로 가리켰습니다. 그곳에는 수십 개의 장작을 짧게 잘라 땅에 단단히 박은 뒤, 거북이를 묶어둔 것이 한 줄로 늘어서 있었습니다.

"매일 매일 바칠 거북이가 도대체 어디서 나오는 거야?"

"다 방법이 있어요."

토끼는 쿡쿡쿡 웃으며 대답했습니다. 그 때 다로의 눈에 또 다른 신기한 광경이 들어왔습니다. 그것은 사람의 아이만한 커다란 몸집의 거북이가 동물원 호랑이처럼 철제 속에 갇혀 있는 광경이었습니다.

"아주 멋있고 큰 거북이네."

다로는 그 거북이가 갇혀 있는 이유보다는 그 거북이의 크기에 먼저 놀랐습니다. 그러자 토끼가 말했습니다.

"저것은 거북이 나라의 왕자예요."

"왜 저렇게 가둬두는 거야?"

"그건……이야기하자면 길어지는데, 그보다 매일 제물로 바치는 거북이는 우리가 어딘가에 가서 잡아오는 게 아니라 매달 첫날 거북이 나라에서 삼십 마리씩 저희 토끼 나라로 보내는 거예요."

"설마 그럴 리가."

다로는 토끼의 말을 믿을 수가 없었습니다.

"하하하, 다 방법이 있어요. 저희들이 거북이 나라의 왕자를 저렇게 잡아와서 가둬두었잖아요. 저것 때문이에요. 저희들은

달나라

거북이 나라에 매달 거북이 삼십 마리를 보내지 않으면 너희들의 왕자를 죽이겠다고 협박한 거죠. 삼십 마리 거북이보다 한 마리의 왕자가 더 중요한 거북이 나라에서는 어쩔 수 없이 정확하게 요구한 수만큼의 거북이를 매달 보내오는 거구요."

토끼가 설명해 주었습니다.

6

"자아, 저 쪽을 보세요."

토끼가 다로의 허리를 만지면서 가리킨 곳을 보니 어느 샌가 제단 좌우로 색색의 옷을 입은 수백 마리의 토끼들이 줄을 지어 모여들고 있었습니다.

"아아 아우, 아아 아우."

무슨 말인지 알아들을 수 없는, 어쩌면 주문 같기도 한 신기한 합창 소리가 들리자 제단 뒤편에서 나이 든 토끼가 나타났습니다. 반짝반짝 빛나는 관을 쓰고 땅에 끌릴 정도로 길게 늘어뜨린 오색찬란한 옷을 입은 나이 든 토끼는 유유히 제단에 다가섰습니다. 그러자 토끼들이 일제히 합창을 멈추고 머리를 숙이기 시작했습니다. 다로와 함께 그 광경을 바라보던 마키짱네 토끼도 머리를 숙였습니다.

"저건 누구야?"

다로가 묻자 마키짱네 토끼는 머리를 숙인 채 황송하다는 듯이 대답했습니다.

"큰 소리 내면 안돼요. 저 분은 토끼 나라에서 제일 존경받는 위대한 대제사장님이십니다."

"저 주위에 색색가지의 옷을 입고 줄지어 있는 토끼들은 뭐야?"

"저 분들은 모두 소제사장님들이에요. 대제사장님 다음으로 훌륭하신 분들이죠."

대제사장이 제단 앞으로 다가가자 소제사장들은 일제히 머리를 올리고 다시 '아아 아우, 아아 아우'하고 합창을 시작했습니다.

그 때 한 무리의 소제사장들이 거북이 한 마리를 억지로 제단 위로 끌고 왔습니다. 그렇지만 대제사장은 가만히 하늘만 올려다본 채 아무것도 하지 않았습니다.

"왜 빨리 제사를 시작하지 않는 거야?"

다로가 묻자 토끼가 대답했습니다.

"시간이 되지 않으면 안돼요. 태양이 서쪽 산으로 넘어가는 그 순간에 제사를 시작해야 하거든요. 너무 빨라도 너무 늦어도 옥황상제님께서 화를 내셔요."

태양이 점점 서쪽 산으로 넘어가려 하고 있었습니다. 다로는 이상한 합창 소리를 들으면서, 느릿느릿 서쪽 산으로 넘어가는 태양과 그것을 가만히 바라보고 있는 대제사장을 번갈아 쳐다보며 서 있었습니다.

날이 저물기까지는 아직 시간이 남아있었습니다. 다로는 문득 철창 속에 갇혀 있는 거북이 왕자가 불쌍하게 느껴졌습니다.

"저 거북이 나라의 왕자는 왜 잡아 온 거야?"

다로는 토끼에게 물었습니다.

"그 이야기를 하자면 매우 길어지죠. 그것은 저희들 할아버지의 할아버지의 또 그 할아버지 때 이야기에요. 세상에게 가장 영리하다고 칭송받던 토끼가 한 번 거북이한테 속은 적이 있었어요. 아까 다로님이 강에 갔었죠. 그 강바닥에는 옛날옛날에 용의 나라인 용궁이 있었는데, 어느 날 용궁에 사는 용왕님이 나쁜 병에 걸리셨데요. 그런데 어느 의사가 용왕님에게 토끼의 심장을 먹으면 병이 낫는다고 했나봐요. 그래서 용궁의 거북이에게 토끼 한 마리를 잡아오라고 명을 내리셨죠. 아무리 생각해 봐도 토끼를 잡아갈 방법이 없던 거북이는 한 가지 꾀를 부렸어요. 그것은 용왕님께서 토끼가 이 세상 제일가는 의사라는 이야기를 듣고 '어디 한 번 토끼의 진단을 받아보고 싶구나'하고 말씀하셨다는 거짓말을 하는 거였어요. 그 이야기에 속아 넘어간 토끼 한 마리가 거북이 등을 타고 용궁에 들어갔죠. 용궁 가까이 가자 거북이는 토끼에게 사실대로 말하고 토끼를 죽이려고 했어요. 그런 위험한 순간에 토끼는 또 다른 꾀를 부렸어요. 토끼는 사실 토끼 심장이 만병통치의 명약이기에 소중히 보관하지 않으면 안 되어 매일 그 심장을 꺼내서 맑은 물에 씻고 말린 다음 다시 몸속에 집어넣는다고 말했어요. 그

86

리고는 안타깝게도 오늘은 심장을 씻고 나뭇가지에 걸어놓은 채 용왕님께서 몸이 편찮으시다는 이야기를 듣고 그대로 황급히 오는 바람에 심장을 놓고 와서, 심장을 가지러 돌아가야 한다고 거짓말을 했죠. 그러자 그거 큰일이라면서 거북이는 토끼를 등에 태우고 다시 육지로 돌아갔어요. 결국 토끼는 자신의 꾀로 목숨을 건졌지만 거북이에게 한 번 속고 말았다는 오명은 어찌할 수가 없었지요. 토끼는 크게 후회했어요. 저희 토끼들은 늘 스스로를 이 세상에서 제일 지혜롭고 똑똑한 동물이라고 자부하고 있으니까요. 어리석은 거북이 따위에게 속았다는 건 조상님들을 뵐 낯이 없는 일이거든요.

그래서 토끼는 언젠가 한 번 반드시 복수해야겠다고 마음먹었어요. 마지막으로 거북이와 달리기 경주를 해서 엄청난 격차로 이기려고 했는데 아까 만난 토끼의 실수 때문에 오히려 이쪽이 지고만 거죠. 토끼 체면이 말이 아니었어요.

그래서 대제사장님께서 무슨 깊은 뜻이 있으셨는지 거북이 나라의 왕자를 어떠한 수단을 써서라도 잡아온다면 그 자에게 토끼 나라 제일의 지위와 상금을 준다는 현상을 내거신 거예요.

그리하여 많은 토끼들이 거북이 나라의 왕자를 잡아오려고 필사적인 노력을 했다고 해요. 그렇지만 결국 대부분의 토끼가 목숨을 잃고 모두 실패로 끝났죠. 하지만 어느 날 한 마리의 토끼가 무슨 수를 썼는지 저 거북이 왕자를 꾀어내어 토끼나라로 잡아온 거예요. 하지만 어떤 방법과 꾀를 사용했는지는 아무도 몰라요."

"자아, 저걸 보세요."

이야기를 마치자 토끼는 다로를 재촉하였습니다.

태양이 막 서쪽 산에 지려고 하는 바로 그 순간, 대제사장의 손에서 번쩍하고 칼이 빛났습니다. 그리고 거북이는 대제사장의 칼에 베여 제단 위로 쓰러졌습니다.

거북이가 이글거리는 불 속에서 지글지글하고 타고 있는 동안 소제사장들은 '아아 아우, 아아 아우'하고 주문의 합창을 계속했습니다.

축제의 식순이 모두 끝나고 대제사장이 하늘을 향해서 한 번 큰절을 올리고 제단에서 내려오자 수백 마리의 소제사장들이 실성한 것처럼 이쪽으로 뛰고 저쪽으로 날아가고 알아들을 수 없는 소리를 외치면서 난리를 피웠습니다.

그 때 갑자기 어디선가 나팔 부는 소리가 울려 퍼졌습니다.

7

나팔 소리가 울려 퍼지자 그렇게 소란을 피우던 토끼들이 갑자기 찬물을 끼얹은 것처럼 조용해졌습니다.

그러자 썰매 하나가 번개 같은 속도로 휘익하고 눈앞을 가로질러 날아와 대제사장 집 대문 앞에서 멈춰 섰습니다.

그 썰매는 열두 마리 개가 끌고 온 것이었는데 그 중에는 소란스러운 개 네 마리가 군복차림으로 타고 있었습니다.

"이건 또 무슨 일이지?"

다로가 왕성한 호기심에 이끌려서 가까이 다가가려 하자 마키짱네 토끼가 다로의 팔을 잡았습니다.

"멀리서 구경합시다. 왠지 불길한 사건이 일어날 것 같아요. 개 나라의 사신이 와서 좋았던 적이 한 번도 없으니까요."

개 나라의 사신은 썰매에서 내려와 토끼 나라 대제사장 앞으로 걸어가 젠체하면서 경례를 했습니다. 반짝반짝 빛나는 훈장을 가슴에 달고 금색 모자를 쓴 개 나라의 사신은 당당한 위엄을 풍겼습니다. 개 나라의 사신은 학교 졸업식에서 하는 동작으로 가지고 온 국서를 낭독하기 시작했습니다.

"우리 개 나라와 토끼 나라는 이웃나라로서 서로 애정을 갖고 도와주며 두 나라의 친선관계 유지를 위해 노력해 왔으나 이번에 토끼 나라가 아무런 이유도 없이 우리 개 나라의 평화를 교란시키고자 불법행위를 감행한 것은 국제법상 엄연히 용납할 수 없는 사태일 뿐 아니라 인도를 벗어나고 정의情誼를 벗어난 행위라고 확신하는 바이다. 이는 토끼 나라에서 어떠한 이유도 없이 어디선가 이제껏 본 적 없는 괴물을 데리고 와서 국경에 파견하여 우리 개 나라의 국민을 놀라게 하고 인심을 소란스럽게 한 일을 가리킨다.

토끼 나라의 이와 같은 배신은 이루 말할 수 없이 천하에 용납될 수 없는 죄이지만 우리 개 나라의 왕은 보기 드물 정도로 인자하신 분이기에 다음과 같은 조건을 요구하는 바이다. 토끼 나라에서 이십사 시간 내에 신속히 만족스러운 회답을 내놓지 않을 경우 우리 개 나라는 최후의 행동을 취할 것이며, 그 모든 책임은 토끼 나라에 있다.

...... 어흥

〈요구조건〉

1. 두 다리로 걷고 꼬리가 없으며 얼굴에 털도 없는 그 괴물을 바
   로 인도할 것.

2. 그 괴물을 데리고 온 책임자도 인도할 것.

3. 그 괴물 때문에 놀라서 병에 걸린 강아지들의 치료비와 배상
   금 도합 육백만 엔을 지불할 것.

4. 토끼 나라 대제사장은 개 나라 국왕에게 정식으로 사죄할 것.

5. 앞으로 이러한 불법행위를 두 번 다시 하지 않겠다는 보장을
   할 것.

개 나라 780,000,000년 19월 69일

개 나라 외무대신   인

토끼 나라 대제사장계

사신은 다 읽은 국서를 대제사장에게 전달했습니다. 개 나
라 사신의 태도는 무례하기 그지없었습니다.

8

개 나라 사신이 돌아가자 토끼 나라는 다시 어수선해졌습니다.

그 중에서도 가장 불안해 했던 것은 마키짱네 토끼였습니다. 대제사장이 어느새 명령을 내렸는지 토끼 나라의 순사 십여 명이 마키짱네 토끼와 다로를 잡기 위해 뛰어왔습니다. 마키짱네 토끼와 다로는 도망갈 틈도 없이 붙잡혀 감옥에 들어가고 말았습니다. 감옥 창문으로 밖을 보니 그 앞에 있는 광장은 토끼 나라의 의사당이었습니다. 다로는 창 너머로 토끼들이 하는 이야기를 하나도 빠짐없이 들을 수 있었습니다. 토끼 나라에서는 이 일 때문에 밤새도록 토론을 하면서 난리를 피웠습니다.

달나라

"다로님은 지구에 살고 있는 우리 동족들을 많이 사랑해 준 선량한 사람인데 그 은혜를 잊고 저 흉악한 개 나라에 인도할 수는 없습니다."

이렇게 외치는 토끼가 있는가 하면 또 이렇게 외치는 토끼도 있었습니다.

"하지만 우리가 그 조건을 이행하지 않으면 우리 토끼 나라는 전멸할지도 모릅니다. 인도하는 것 외에는 방법이 없습니다."

"단순히 다로님을 인도하느냐 마느냐 하는 문제가 아니라 우리 토끼 나라를 얕보고 있는 개 나라의 태도를 참을 수가 없습니다. 두말할 필요 없이 전쟁을 합시다. 전쟁을 하지 않으면 안 됩니다."

이렇게 흥분해서 외치는 젊은 토끼도 있었습니다. 하지만 나이든 토끼들은 대부분 고개를 저으면 한숨을 내쉬었습니다.

"젊은 혈기로 그런 말을 하지만 전쟁을 하면 어떻게 되겠나. 우리가 전멸하는 건 불 보듯 뻔한 일일세. 원하는 대로 조건을 받아들이는 게 현명하다고 생각되네만."

밤새도록 이어진 토론 끝에, 토끼 나라는 결국은 다로와 다로를 데리고 온 마키짱네 토끼를 개 나라에 인도하기로 결정했습니다. 하지만 대제사장이 정식으로 직접 사죄하는 것은 체면상 용납할 수 없는 일인데다, 배상금 육백만 엔 또한 너무나 큰 부담이었기 때문에 이것을 교섭하기 위해서 토끼 나라 외무대신이 자진해서 개 나라로 건너가기로 했습니다.

"이런 바보 같은 짓을 하게 내버려두지 않겠다. 나는 싸우겠다. 싸우러 가겠다. 모두 함께 갑시다."

투지에 불타올라 출전하려 하는 젊은 토끼들을 순사들이 잡아들여 모두 감옥에 집어넣어버렸습니다.

9

개 나라로 인도된 다로를 천하의 괴물이
라고 구경하러 온 개 나라의 구경꾼들이 하루에도 수천 마리
가 넘었습니다.

하지만 개 나라에서는 다로를 둘러싸고 큰 문제가 제기되었
습니다. 그것은 바로 다로가 도대체 무슨 동물이냐는 것이었습
니다.

개 나라의 학자, 과학자, 철학자, 동물학자 등 온갖 권위자들
을 불러 모아 물어봐도 누구 하나 다로에 대해서 아는 이가 없
었습니다.

학자 개들도 아무리 책을 조사하고 뒤져보아도 이런 동물이

존재한다는 기록이 없다고 고객을 갸우뚱하고, 과학자 개들도 지금까지의 지식으로는 도저히 알 수 없다고 했습니다. 결국, 마지막으로 개 나라 과학자협회에서 정부의 허가를 받고 다로를 직접 연구하기로 했습니다. 과학자들은 여러 가지 기계나 여러 종류의 약을 감옥에 가지고 들어와 다로의 몸을 재고 약을 먹여보고 여러 가지 실험을 하기 시작했습니다. 다로는 더 이상 견디지 못하고 '도대체 어떻게 할 셈이냐'하고 소리치기 시작했습니다. 다로의 외침에 놀라서 한 마리의 개가 한 발자국 뒤로 물러섰습니다. 다로는 뒤로 물러선 그 개가 쓰네짱네 개와 닮았다는 것을 깨닫고, 문득 반가워져서 '너는 쓰네짱네 개가 아니니?'하고 물어보았습니다. 하지만 그 개는 아무 말도 하지 않고 다로를 모른 척 했습니다.

"도대체 날 어떻게 할 셈이에요. 이렇게 귀찮게 괴롭히기만 하고."

한 번은 곁에 있는 개 과학자에게 물어봤습니다. 그러자 그 개는 이렇게 반문하였습니다.

"당신이 누구인지 그것을 알려고 저희 과학자들은 이렇게 당신을 연구하고 있는 거예요. 도대체 당신은 무슨 동물입니까?"

다로는 이 질문에 웃어야 할지 화를 내야 할지 분별이 가지 않았습니다.

"농담 좀 그만하세요. 인간을 보고 무슨 동물이라니, 그게 도대체 무슨 말입니까."

다로는 화를 냈습니다. 늙은 개 과학자는 이 소리에 매우 기뻐하며 소리 질렀습니다.

"아! 인간. 인간. 인간이구나."

이 목소리에 다른 개 과학자들도 모여들어 크게 소란을 피웠습니다.

"뭐라고? 인간이라고? 인간이라는 게 이렇게 생겼구나. 하하하, 이상하게 생겼네, 인간이라니."

10

과학자협회에서 이 기괴한 동물은 다름
아닌 인간이다, 라는 보고를 받은 개 나라 정부는 즉시 회의를
열었습니다. 그리고 논의 끝에 다로를 재판에 넘겨 사형에 처
하기로 결정했습니다.

다음 날 다로는 재판관 앞으로 끌려가게 되었습니다.

법정의 넓은 건물 안 정면의 한가운데에 커다란 의자가 있
었고 그 의자 위에 늙어빠진 개 한 마리가 금은보석으로 몸을
치장한 채 앉아 곁에 놔둔 접시에서 뼈다귀를 끊임없이 집어
먹고 있었습니다. 다로가 자기를 감시하고 있는 순사에게 '저
건 누구냐'고 묻자 순사가 개 나라의 왕이라고 대답하면서 이

렇게 말했습니다.

"이 나라에서 왕은 어떠한 노력도 하지 않고 항상 앉아서 뼈만 갉아먹고 있을 뿐이고 실권은 그 옆에 군복을 입고 위엄 있게 앉아 있는 장군에게 있다."

다로를 재판하는 재판장도 늙어빠진 개였지만 그 개 역시 일일이 개 나라의 장군과 상의한 후 다시 다로를 심문하는 것이었습니다.

맨 처음 개 나라 과학자협의회의 회장이 다로가 인간이라는 증언을 하고 그 후 마키짱네 토끼가 끌려 나와서 다로가 인간이라는 것을 입증해 보였습니다. 그리고 마지막으로 다로가 심문대에 올라갔습니다.

"자네는 정말로 인간인가?"

재판장이 물었습니다.

"그렇다."

"자네가 인간이라면 자네는 지구에서 왔는가?"

"그렇다."

"자네들 인간이 지구에서 우리 개 종족을 노예처럼 학대하고 있다는 사실을 자네는 알고 있겠지. 우리들, 신성한 개 종족을 노예처럼 학대하는 자는 사형에 처해짐을 자네는 알고 있나?"

이렇게 외치는 소리가 칼날처럼 날카롭게 울렸습니다. 그러자 앉아 있던 개 나라의 장군이 주먹을 쥐면서 외쳤습니다.

"우주에서 개가 제일이다. 개보다 위대하고 고상한 종족은 없다. 개는 세계의 지배자다."

"옳소! 만세. 개 나라 만세!"

장내에 있는 수천 마리의 개들이 일제히 광기어린 태도로 외쳤습니다. 이윽고 개들의 광기가 가라앉자 재판관장이 다로에게 선고를 내렸습니다.

"개 나라 헌법 제 60095조에 의거하여 인간은 누구라도 사형에 처한다. 집행관은 오늘 날이 저물 때 이 다로라는 인간을 불에 태워 죽이는 방법으로 사형을 집행하도록."

관내는 다시 만세를 외치는 소리와 박수 소리로 재판장이 떠나갈 듯 했습니다.

다로는 항변할 말도 여유도 없이 개 순사의 손에 이끌려 사형 집행장으로 향했습니다.

사형장에서는 이미 사형 준비가 끝나 있었습니다. 날이 저물자 개 순사들은 한 곳에 많은 장작을 쌓아올리고는 거기에 불을 붙였습니다. 그리고 집행자의 명령이 떨어지기를 기다리고 있었습니다. 빨갛게 불꽃이 일면서 타들어가는 장작을 바라보며 다로는 비통한 슬픔과 죽음에 대한 공포감에 대해 생각했습니다. 그것은 그 무엇과에도 비할 바가 없었습니다. '아! 난 이제 저 불에 타죽는구나'라는 생각을 하면서 다로는 이 생애의 마지막 장소에서 엄마를 큰 목소리로 불러보고 싶었습니다. 그러나 무슨 연유에서인지 목이 잠겨 소리가 나오지 않았습니다.

날은 이미 저물었습니다. '집행'이라는 소리가 칼날처럼 울려 퍼졌습니다. 그러자 순사들 대여섯 명이 다로를 어깨에 이고 불이 활활 타오르는 곳까지 데리고 갔습니다.

'난 이제 죽었다.'

다로는 눈을 감고 운명을 기다리고 있었습니다. 바로 그 때! 다로의 귀에 '휙휙'하는 소란스러운 소리가 들린 것 같았습니다. 다로는 갑자기 자신의 몸이 하늘 위로 높이 날아오르고 있는 듯한 묘한 느낌이 들었습니다. 동시에 수백 마리의 개들이 '워우'하고 짖는 소리가 멀리 한참 아래쪽에서 들려오는 것 같기도 했습니다.

'어라! 난 이미 죽어버린 건가?'

다로는 생각했습니다.

태양의 나라

1

이제 불에 타 죽을 거라는 생각에 눈을 감고 모든 것을 포기하고 있던 다로의 귀에 더 이상 개들의 소리가 들리지 않게 되었습니다. 이제 다로의 귀에는 다만 휘익휘익하는 바람 소리만이 들려올 뿐이었습니다. 다로는 자신의 몸이 하늘로 하늘로 점점 높이 올라가는 것 같다고 생각했습니다.

'도대체 무슨 일이지?'

이상해서 눈을 떠보니 생각했던 대로 다로의 몸은 하늘 높이 높이 날고 있었습니다. 물론 다로 혼자서 날고 있었던 것이 아니라 날아다니는 무언가에 타고 있었던 것이었습니다.

주의 깊게 살펴보니 다로가 타고 있는 것은 전에 마주쳤던 용의 새끼였습니다. 다로는 깜짝 놀라서 '어머'하고 자신도 모르게 소리를 지르고 말았습니다. 그러자 용의 새끼가 속도를 낮추면서 말했습니다.

"다로님 이제 괜찮아요. 저 흉악한 개 나라에서 이미 몇만 리나 떨어졌어요. 다로님을 댁까지 모셔다 드릴 테니 걱정하지 말고 타고 계세요."

이 용의 새끼는 바닷가에서 강아지들에게 괴롭힘을 당하고 있을 때 다로 덕분에 살아난 바로 그 용이었습니다. 다로가 위험한 처지에 있다는 것을 알아차리고 보은의 기회를 노리고 있다가 마지막 순간에 날아와 다로를 안고 하늘 높이 날아오른 것이었습니다.

용의 새끼는 다로를 태우고 하늘 높이 높이 올라갔습니다. 어느 정도 날았을까 몇 시간을 난 후에는 용도 점점 힘이 빠져 허덕이기 시작했습니다.

"조금 더 천천히 가면 어떨까?"

다로는 용의 새끼가 불쌍해져서 그런 부탁을 했습니다.

"아니요, 안돼요. 빨리 날지 않으면 안 돼요. 저는 있는 힘껏 날고 있는데도 속도가 점점 느려지네요. 속도가 느려지면 점점 하늘 쪽으로 빨려들게 되요. 빨려 들어가면 그야말로 큰일이에요."

용의 새끼는 이렇게 말하고 다시 힘을 내서 날기 시작했습니다. 용의 새끼의 이야기를 듣고 보니 나는 속도가 느려져서 점점 하늘로 빨려 들어가는 것 같았습니다. 용의 새끼는 있는 힘을 다해서 속도를 내려고 했지만 속도는 점점 느려졌습니다. 반면 하늘로 빨려 들어가는 힘은 점점 더 강해져만 갔습니다.

"왜 이러지?"

다로는 그 이유를 몰라서 혼잣말을 했습니다. 이 소리를 들은 용의 새끼가 허덕이면서 말했습니다.

"다로님 정말 죄송합니다. 어쩔 수 없이 빨려 들어갈 것 같아요."

"어? 어디로?"

놀란 다로는 이렇게 반문했습니다.

"다로님을 댁까지 모셔다 드리려고 했는데 제 힘이 모자라서 이 태양 나라의 인력 권내를 벗어나지 못하고 태양의 나라로 빨려들게 되었습니다. 태양 나라의 인력이 점점 강력해져서 어쩔 수가 없을 것 같습니다."

이런 말을 하고 있을 때에는 이미 그들의 몸이 태양 쪽으로 끌려간 뒤였습니다.

아까까지 차가웠던 공기가 점점 따뜻해지기 시작했습니다. 그러고는 마침내 땀이 줄줄 흘러내리기 시작했습니다.

'아! 덥다'고 말할 겨를도 없이 다로는 순간적으로 전신이 타들어가듯이 뜨거워진 것을 느꼈습니다. 그러더니 결국에는 아예 새까맣게 타버리고 말았습니다. 그리고는 어딘가에 덜커덩 하고 부딪히는 느낌이 들자, 그들은 태양의 나라에 도착해 있었습니다. 슬프게도 다로의 몸은 종이처럼 얇고 가벼워져 있었습니다. 그렇지만 아픈 곳은 아무데도 없었습니다. 이상하게 생각한 다로가 함께 온 용의 새끼를 쳐다보자 용의 모습은 어느새 사라지고 그림자만이 곁에 남아 있었습니다.

태양의 나라는 그림자 외에는 아무것도 살 수 없는 곳이었습니다. 태양의 나라에 살고 있는 동물들은 모두 그림자만 있었습니다. 다로도 용의 새끼도 태양의 나라에 도착하자마자 몸은 사라지고 그림자만이 남게 되었습니다.

2

        다로는 그림자가 된 가벼운 몸으로 그림
자만 남은 용의 새끼와 함께 그림자만이 왔다 갔다하는 마을
을 여기저기 걸어보았습니다.

커다란 궁전의 그림자 같은 뒤편 공터에서는 수많은 그림
들이 논쟁을 벌이고 있었습니다.

"이 놈, 아무리 거지라도 양반을 못 알아보겠느냐."

"허어, 양반이라도 종반도 못되면서."

다른 거지 그림자가 덤벼들었습니다.

"아니, 이런 이런 도리도 모르는 자식이 있나. 양반 앞에서
지금 무슨 말버릇이냐. 우리 할아버지 시절만 해도 너 같은 놈

은 흠씬 때려줬었는데 말세다, 말세여."

"무슨 소릴 지껄이느냐. 네 놈만 양반이라고 생각 하느냐. 나도 양반이다. 우리 팔대 조상님은 진사進士셨어."

"그것밖에 안되냐? 내 이십대 조상님은 대신이었다."

"그래봤자 네놈은 동쪽의 상놈 아니냐. 우리 조상님은 서쪽의 양반이셨다."

"이 놈, 동쪽이 양반들이 사는 곳이고 서쪽은 상놈이 사는 곳 아니더냐."

"무슨 소리야. 서쪽이 더 양반이다."

"동쪽이 양반이다."

말싸움이 계속되자, 더 이상 말로 해서는 알아듣지 못 할 거라 생각한 거지 한 명이 상대방의 뺨을 때렸습니다. 그러자 둘이 서로 부둥켜안고 크게 싸우기 시작했습니다.

"이상한 사람들도 다 있네."

다로는 그곳을 떠났습니다.

3

태양의 나라에서는 원숭이 그림자가 가장
힘이 셌습니다. 원숭이들은 그렇게 많이 살고 있지는 않았지만
모두 커다란 집을 짓고 집집마다 커다란 창고를 만들어 그곳
에 조개를 가득 채워놓고 있었습니다. 그리고 한 명의 원숭이
밑에는 수천 명의 그림자 노예가 있어 아침부터 밤까지 계속
해서 땅을 파고 있었습니다.

땅 속 여기저기에 묻혀있는 조개를 캐서 그것을 물로 씻고
창고 속에 집어넣는 것이 그들의 일이었습니다.

"그 조개들은 어디에 사용하는 거예요?"

"창고에 쌓아두는 거예요."

다로가 묻자 땅을 파고 있던 그림자 중 하나가 대답했습니다.

"그건 알아요. 하지만 뭐 때문에 창고에 쌓아두는데요?"

"쌓아두지 않으면 안되기 때문에 쌓아두는 거예요."

도무지 무슨 말인지 알 수 없다고 생각한 다로는 창고 주인에게 직접 조개를 쌓는 이유를 물어보기로 했습니다.

"원숭이님, 저 조개는 어디에 사용하는 거예요?"

"자네는 바보구만. 그것도 모르나. 조개를 많이 쌓아두지 않으면 훌륭한 사람이 될 수 없으니까 그렇지."

"왜요?"

"왜라니, 그냥 그렇게 되어 있으니까 그렇지. 어디서 이런 바보가 왔지?"

다로는 하는 수 없이 그 자리를 떠났습니다. 그 곳을 떠나면서 다로는 '나는 정말 바보가 되었나.'하고 생각해 보았습니다.

4

태양의 나라에는 식량이 매우 적은 것 같 았습니다. 어디를 가나 아이들은 배가 고파서 울고 있었고, 어른들은 한숨만 내쉬었습니다.

"태양의 나라에서는 무얼 먹고 살아요?"

다로는 지나가는 그림자를 붙잡고 그렇게 물었습니다.

"자네는 무얼 먹고 사는지도 모르나. 당연히 달팽이를 먹고 살지."

"뭐 달팽이요? 그것밖에 안 먹어요?"

"그거 말고 또 먹을 게 있다는 건가? 조개를 많이 갖고 있는 자는 개구리를 먹는다는 얘기는 들었지만."

"개구리 맛이 어떤데요?"

"그건 나도 모르지. 먹어 본 적이 없으니까. 근데 왜 그렇게 먹는 이야기만 하는 거야? 배고파 죽겠는데."

다로는 참 이상한 걸 먹는 나라구나, 하고 생각하면서 용의 그림자와 함께 산을 올랐습니다. 산 위에는 호수가 있고 그 근처에는 광대한 별장이 한 채 서있었습니다.

그 건물에는 늙은 원숭이, 젊은 원숭이, 어린 원숭이들이 다 같이 모여 앉아서 개구리를 냠냠하고 마음껏 먹고 있었습니다.

호수에서는 선녀처럼 아름다운 인어들이 춤을 추거나 헤엄치고 있었습니다.

원숭이들은 그 광경을 보면서 재미있는 장난이 생각났다는 듯이 개구리 한두 마리를 인어들에게 던져주었습니다. 그러자 인어들은 앞 다투어 개구리를 뺏어 먹었습니다.

별장 옆에는 커다란 창고가 있었고 그 창고 앞에는 흉악하게 생긴 문지기가 서 있었습니다. 그 앞으로는 배고파 보이는 원숭이 그림자들이 계속해서 왔다갔다 하고 있었습니다.

다로는 호기심이 발동해서 거기로 가보았습니다. 그 근처로 가보니 뭔가가 썩어가는 냄새가 풍겨왔습니다. 그것은 달팽이가 썩는 냄새였습니다. 창고 속에는 달팽이가 가득 쌓여 있었습니다.

늙은 원숭이 그림자 하나가 조개를 한 개 꺼내서 문지기에게 건네 주자 문지기는 창고 속에 들어가 달팽이를 조금 꺼내와서 그 나이 든 원숭이에게 주었습니다.

"부탁입니다. 조금만 더 주세요."

"조개를 더 가져와."

나이 든 원숭이가 애원하자 문지기는 차가운 목소리로 외쳤습니다.

"정말 부탁드립니다. 요즘 아무리 땅을 파도 조개가 전혀 안 나와요. 이대로라면 굶어죽을 거 같습니다. 조금만 더 주세요."

원숭이가 다시 애원했습니다.

"안 돼. 법을 어길 수는 없다."

문지기가 소리질렀습니다.

'참 이상한 법도 다 있네'

다로는 마음 속으로 그렇게 생각했습니다. 그러다 문득 다른 곳으로 가보고 싶다는 생각에 서둘러 그 곳을 떠났습니다.

5

그 산 뒤로는 더 높은 산이 하나 있었습니다. 그리고 그 꼭대기에는 커다란 건물 하나와, 창처럼 길고 예리한 기계 같은 것이 여기저기에 보였습니다.

다로와 용은 그곳으로 올라갔습니다. 올라가 보니 그 건물의 입구에는 '누구든지 들어오세요. 새로운 나라에 가고 싶은 자는 누구든지 들어오세요. 대환영입니다'라는 광고가 붙어있었습니다. 그리고 그 옆 기둥에는 '태양 나라 과학자협회 본부'라는 간판이 걸려있었습니다.

집 안에서는 지금도 태양의 나라 곳곳에서 모여든 과학자들이 과학에 관한 여러 문제들을 토의하고 있었습니다.

"오늘도 아무도 안 오나?"

나이 든 과학자 한명이 중얼거리자 옆에 있던 젊은 과학자가 대답했습니다.

"네 아직 한 명의 지원자도 없습니다. 지난 사 개월 동안 한 명의 자원자도 없었습니다."

"그림자들은 모두 겁쟁이라서."

다른 과학자가 끼어들어 말했습니다.

"저희 과학자들에게도 책임이 있어요. 저희가 알고 있는 것도 아직은 추측일 뿐이고 그 이상은 모르잖아요. 아무리 현실이 괴롭다고 해도 알지도 못하는 곳으로 날아가긴 쉽지 않죠."

구석에서 기계를 열심히 연구하고 있던 한 연구자가 말했습니다.

"그것도 그러네. 우리들 과학자의 책임이 크지. 우리들의 연구도 빨리 추측을 넘어서 확신에 이르러야 할텐데 말이야."

"그러니까 빨리 새로운 나라로 날아갈 사람과 연락을 취할 방법을 찾지 않으면......"

다른 과학자가 비관하는 표정으로 말했습니다. 이 때 한 명의 과학자가 문밖에 서있는 다로를 보고 재빨리 마중하였습니다.

"자아, 어서 오세요. 현재 태양의 위치가 우주의 한가운데에 와있어요. 저 제8호 로켓을 타고 날아가면 여태껏 한 번도 본 적 없는 새로운 나라에 도착할 수 있어요. 그 나라가 어떤 나라인지는 저희도 모릅니다. 하지만 이 우울한 태양보다는 살기 좋다는 것은 확실해요. 하지만 딱 한 가지 각오해야만 하는 것은, 한 번 이 나라를 떠나면 두 번 다시 돌아오지 못한다는 거예요. 어떻게 하실래요, 가실건가요?"

과학자는 다로를 재촉했습니다.

다로는 태양의 나라에서 더 이상 머물고 싶은 마음도, 그럴 필요도 없다는 생각에 과학자의 말대로 다른 나라로 가는 로켓에 타기로 했습니다.

별나라

1

태양의 나라에서 과학자들이 발명한 로켓을 타고 다로는 비행기보다 더 빠른 속도로 날아갔습니다. 하루 쯤 지났을까? 다로는 로켓이 '꽈당'하고 어딘가에 부딪치는 걸 느끼고는 로켓의 문을 열고 밖으로 나왔습니다. 그곳은 조금 높은 언덕이었습니다. 다로가 내려서 사방을 둘러보니 여기야말로 천국이다 싶을 정도로 아름다운 나라였습니다. 어디를 쳐다봐도 아름다운 꽃들이 만개한 정원이 펼쳐져 있었고 그 주위를 옥처럼 맑은 물이 흐르고, 그 위로는 처음 보는 아름다운 새들이 지저귀고 있었습니다. 다로는 이 곳이 그야말로 별천지구나 하고 생각했습니다. 단지 이상한 것은 이렇게 아름다운 나라에 사람도, 동물도 보이지 않는다는 점이었습니다.

다로는 천천히 강을 따라 걸었습니다. 언덕 밑에는 유리로 만든 아름다운 집들이 줄지어 있었습니다. 다로가 내려가 안을 들여다보니 아홉, 열 살 정도의 아이들 수백 명이 새근새근 소리를 내며 잠들어 있었습니다. 다로가 가만히 잠들어 있는 아이들을 보고 있으니 자고 있던 아이들 중 한두 명이 눈을 떴습니다. 그 아이들은 먼지 하나 묻어있지 않은 눈처럼 새하얀 옷을 입고 있었습니다. 아이들은 다로를 보고 '어머, 어디서 저렇게 새까만 아이가 왔을까'하고 놀란 표정을 지었습니다. 태양의 나라를 막 떠나온 다로는 아직까지 새까만 그림자의 모습이었습니다.

"너는 어디에서 왔니?"

그 중 한 아이가 다로에게 물었습니다.

"나는 방금 전에 태양의 나라에서 왔어. 여기는 어디야?"

"여기? 여기는 아이들만 살고 있는 별의 나라야."

"별의 나라? 그래, 아주 아름다운 나라네."

"아이들의 나라는 모두 이렇게 아름다워."

"그래? 너희들의 부모님은 어디 있는데?"

"부모님?"

"그래, 나이를 많이 먹은 어른들말이야."

"여기는 아이들의 나라라고 말했잖아. 어른들이 살면 그 나라는 미워지고, 더러워지고 나빠지는걸. 우리 별나라에서는 어른들은 태어나지 않아. 그래서 언제까지고 언제까지고 아름다운 나라인거야."

"흠, 그럼 돈은 누가 벌어?"

"뭐라고?"

"돈벌이 말이야. 돈을 벌 어른이 없으면 누가 먹여 살려주는데?"

"돈벌이가 뭐야?"

"돈 말이야. 돈이 없으면 쌀이나 옷은 어떻게 사는데?"

"무슨 말인지 모르겠어. 별나라에는 그런 건 없어."

"너희들은 무얼 먹고 사는데?"

"저 산에 있는 과일을 먹고 살아."

"돈이 없으면 무얼 가지고 그 과일을 사는데?"

"네 이야기는 도저히 모르겠어. 돈은 뭐고, 산다는 게 뭔데? 우리들은 그런 말은 처음 들어봐."

"돈이 없으면 과일을 못 사먹잖아."

"과일! 따서 먹는 거야."

다로가 아무리 물어봐도 무리였습니다. 아이들만 사는 별나라에서는 돈이라고 하는 것도, 물건을 사거나 파는 것도 없는 그런 나라였습니다. 어른이 없는 나라였기 때문에 아이를 때린다거나 괴롭히는 일도 없었습니다. 아이들이 자기 마음대로 놀 수 있는 자유로운 세상이었습니다. 넓은 언덕에는 정해진 주인이 없어 아이들이 다 같이 모여 과일에 흙을 덮어주거나 물을 주거나 했습니다. 그래서 별나라에서는 일 년 내내 과일이 열렸고, 별나라 아이들은 누구하나 배고파하지 않았습니다. 배불리 먹고 자유로이 놀고 게다가 병이나 고통도 없이 언제나 즐겁고 언제나 평화로운 나라였습니다. 아이들도 서로 다투지 않고 사이좋게 모여서 꽃밭을 뛰어다니고, 새들이 지저귀는 아름다운 소리를 듣고, 춤추고 노래하고, 또 때로는 푸른 잔디밭에서 낮잠을 자고 옛날이야기를 하기도 했습니다. 다로도 그 아이들과 함께 과일나무에 물을 주고 같이 놀기도 하고 사이좋은 친구가 되었습니다.

2

어느새 별나라에도 밤이 찾아왔습니다.
밤이 되면 아이들은 잘 준비는 하지 않고 언덕 위로 모두 올라
갔습니다. 그리고는 이곳저곳에서 횃불을 하나씩 들고 와서 한
줄로 서거나 삼각형 모양으로 서거나 사각형 모양으로 서서
횃불을 높이 치켜들었습니다. 한 아이가 팔이 아프다고 하면
옆에 앉아 있던 아이가 대신 들어주기도 하면서 서로 교대로
횃불을 치켜들었습니다. 다로가 그 이유를 묻자 한 아이가 대
답해주었습니다.

"하늘 저편에는 우리들보다 더럽고 불행하게 살아가고 있는
아이들이 많이 있어. 그 곳은 지구라고 하는 별인데 지구에 사

는 아이들은 배도 고프고 슬픈 일이나 괴로운 일도 많고 병에 걸리거나 어른들에게 맞기도 해. 그 아이들이 밤이 되면 별나라의 불빛이 보이는지 안 보이는지 세어보곤 하거든."

"아....그럼 밤하늘에 별이 반짝였던 건 너희들이 이렇게 횃불을 붙였기 때문이었던 거구나."

다로가 커다란 목소리로 물어봤습니다.

"그럼 넌 지구에서 온 거니?"

별나라 아이들이 놀라면서 물었습니다.

"응."

"그럼 넌 잘 알겠구나. 지구에 사는 아이들은 울 때도 하늘을 올려다보고 별이 반짝반짝 빛나면 마음이 후련하게 즐거워져서 웃게 된대."

"응."

"그리고 지구에 사는 아이들은 모여서 놀 때에도 별나라가 그리워지면 '별 하나, 나 하나, 별 둘, 나 둘'하고 노래를 부른다는데 정말이야?"

"응."

"그러니까 봐봐. 우리들이 팔이 조금 아프더라도 매일 밤 불을 밝혀주는 게 좋잖아."

"응, 하지만, 지구에 사는 아이들은 너희들에게 해줄 게 아무 것도 없는데....."

"그건 괜찮아. 중요한 건 뭔가를 받는 게 아니야. 행복한 우리들이 불행한 아이들을 위해서 조금이라도 힘이 되어 주는 것이 좋은 일 아니겠어?"

"응, 너희 별나라 아이들은 참 훌륭하다."

다로는 마음으로부터 별나라 아이들에게 감사했습니다.

3

　다로는 이 즐거운 별나라에서 며칠간을 즐겁게 보냈습니다.

　어느 날 밤, 언제나처럼 횃불을 들고 별나라 아이들은 모두 언덕 위로 올라갔습니다. 하지만 무슨 일인지 불빛이 멀리까지 비치지 않고 안개 같은 것에게 가로막히고 말았습니다. 별나라 아이들이 답답해하며 열심히 횃불을 높이 치켜들었지만, 마음처럼 잘 되지 않았습니다.

　"오늘 밤은 왜 이래?"

　"마음씨 나쁜 구름 아저씨가 또 방해를 하는 거야. 구름 아저씨가 이렇게 방해할 때는 지구에서는 꼭 비가 내려. 구름 아저씨 때문에 오늘 밤은 불을 비출 수가 없어. 지구에 사는 아이들은 외롭겠지만 어쩔 수가 없어. 오늘 밤은 여기서 그냥 놀다가자."

다로의 질문에 대답한 별나라 아이들은 불빛을 비추는 것을 포기하고 여기저기 무리지어 놀기 시작했습니다. 그러다 한 곳에서 이제껏 한 번도 본 적이 없는 신기한 것을 발견한 별나라 아이들은 모두 깜짝 놀랐습니다.

4

별나라 아이들은 지금까지 한 번도 본 적이 없는 신기한 것을 발견하고는 '와아'하고 몰려들었습니다. 그렇지만 가까이 다가가지는 못하고, 그냥 그 주위를 돌면서 '이건 뭐지?'하고 신기해할 뿐이었습니다.

별나라 아이들 중에는 그것이 무엇인지 아는 아이가 한 명도 없었습니다.

"이건 아무것도 아니야. 내가 타고 온 로켓이야."

씨익 웃으면서 서 있던 다로가 가까이 가서 문을 열어 보였습니다.

"뭐라고? 이걸 타고 왔다고."

"이름이 뭐라는 거야?"

별나라 아이들은 그제서야 겨우 안심하고 가까이 다가가서 떠들기 시작했습니다. 다로는 갑자기 별나라 아이들에게 자기가 얼마나 멋있는지 자랑하고 싶어졌습니다. 그래서 다로는 아이들을 한번 둘러보고 말했습니다.

"내가 이걸 타고 한 번 날아볼 테니까 잘 봐봐."

"그래, 정말 한 번 타봐. 날아 봐."

별나라 아이들도 호기심에 눈을 반짝반짝 거리면서 로켓 주위에 몰려들었습니다.

"모두 잘 봐. 자아, 탄다."

다로는 갑자기 자기가 훌륭한 사람이 된 듯한 기분이 들어 우쭐해하며 로켓에 탔습니다.

마침 그 때 어디서 불어왔는지 심한 폭풍이 불어와서 눈 깜짝할 사이에 로켓을 품고 하늘 높이 날아올랐습니다.

5

태풍은 다로가 탄 로켓을 끌고 정처 없이 달려갔습니다. 다로는 아름다운 별나라로 돌아가고 싶은 마음으로 가득했지만 어쩔 수 없이 바람에 이끌려갔습니다. 바람에게 얼마나 끌려왔는지 알 수 없어진 다로는 점점 무서워졌습니다. 그 때 갑자기 로켓이 무엇인가에 부딪쳤습니다. 다로는 꽈당하는 소리와 함께 로켓에서 튕겨져 나와 버렸습니다. 정신을 잃고 잠시 동안 쓰러져 있던 다로가 간신히 정신을 차리고 살펴보니 로켓은 이미 산산조각이 나서 부서져 있었습니다. 그리고 다로도 어딘지 알 수 없는 절벽 아래로 굴러 떨어져 있었습니다.

"여기가 어디지?"

다로는 옷에 묻은 먼지를 털어내며 일어섰습니다. 거기는 매우 신기한 나라였습니다. 날아다니는 뱀이 있는가 하면, 개처럼 커다란 새도 있고, 다로보다 더 큰 꽃도 있고, 주먹만한 개미도 있고, 눈이 세 개 달린 인간도 있고, 삼척이 넘는 뿔이 달린 고양이도 있고, 다리가 여섯 개인 소도 있었습니다. 그곳은 수많은 기괴한 동물들과 인간이 섞여서 사는 이상한 나라였습니다. 문득 저 쪽을 바라보니 다로 동네의 촌장님이 어디를 그렇게 바삐 가시는지 바쁘게 지나쳐 가셨습니다.

"촌장님! 촌장님."

다로가 너무나도 반가워서 큰 목소리로 촌장님을 불렀지만 촌장님은 듣지 못한 채 어디론가 바삐 가 버리셨습니다.

주위에는 생전 처음보는 무섭게 생긴 동물들이 가득했습니다. 다로는 갑자기 무서워져서 그대로 주저앉아 엉엉 울어버리고 말았습니다.

그러자 누군가가 어깨를 흔들었습니다. 깜짝 놀라서 돌아보

니 거기에는 엊그제 돌아가신 할머니께서 서 계셨습니다. 다로
는 돌아가신 할머니가 살아계신다는 걸 신기하게 생각할 틈도
없이 '할머니'하고 부르면서 할머니의 품에 안겼습니다.

"다로야 왜 우니?"

할머니가 다로의 머리를 쓰다듬으면서 상냥하게 물었습니다.

"할머니 여기는 어디예요? 저 무서워요."

할머니는 웃으면서 대답했습니다.

"뭐가 무서워. 여기는 꿈의 나라란다. 그래서 여기 있는 것
은 모두 진짜가 아니야. 단지 너의 기억 속에 있는 것이 나타
나는 거란다. 그래서 기억의 나라라고도 불리지. 이 꿈의 나라
에서는 아무리 무서운 것이 나타나도 너에게 해를 끼치지는
못해. 그러니까 두려워할 필요가 없단다."

"하지만 할머니 그래도 무서워요. 다른 데로 데려가 주세요.
네?"

"무서워할 거 없어. 그리고 이 나라에서는 누군가가 누구를
어딘가로 데려갈 수가 없단다. 나도 네가 내 생각을 해줬기 때

문에 이 나라에 올수 있었던 거야."

"그럼 할머니 아무데도 가지 마세요."

"그건 네가 생각하기 나름이란다. 네가 나를 잊어버리면 나
는 사라져 버리는 거지. 내가 언제까지나 여기 있으려면 네가
일 초도 쉴새 없이 내 생각을 하고 있어야 한단다. 일 초라도
내 생각을 하지 않으면 난 사라져 버려."

"할머니, 그럼 내가 쭉 할머니 생각만 하고 있을게요."

말하고 있는 다로의 눈앞을 개의 나라에서 죽었다고만 생각
했던 마키짱네 토끼가 지나갔습니다.

"어이, 마키짱네 토끼야."

다로가 부르자 토끼는 다로 있는 곳으로 뛰어왔습니다. 그
러자 할머니는 어느샌가 사라져 버리고 말았습니다.

"너는 개의 나라에서 죽은 줄만 알고 있었는데 어떻게 여기
있는 거야?"

다로는 마키짱네 토끼를 보면서 말했습니다.

"하하하, 나는 죽어서 귀신이 돼서 돌아온 거야."

146

이상한 목소리가 대답했습니다. 그렇게 대답한 토끼 입의 아래턱이 사라지고 빨간 혀가 오 척(약 150㎝)이나 길게 늘어져 있었습니다. 다로는 소름이 끼쳐서 얼굴을 돌리고 말았습니다. 그러자 저 쪽 모래밭에서 말처럼 크고 날개가 달린, 온 몸에 털이 군데군데 나 있는 무섭게 생긴 동물이 쿵쿵하고 춤을 추면서 달려왔습니다. 그 괴물은 달려오면서 닥치는 대로 동물들을 잡아 먹었습니다.

"아아, 무서워."

다로가 너무 무서워서 소리치자 토끼 귀신은 사라져 버렸습니다. 다만, 어디선가 희미하게 마키짱네 토끼의 목소리가 들려왔습니다.

"하하하, 저건 꿈을 먹고 사는 맥獏이라는 동물이에요. 다로님도 빨리 도망가세요."

다로는 오싹해져서 온몸이 떨렸지만 어느새 자기도 모르게 도망치기 시작했습니다.

다로는 온 힘을 다해 뛰었지만 아무리 노력해도 빨리 달릴 수가 없었습니다. 자꾸 조바심이 났지만 도저히 빨리 달릴 수가 없었습니다. 이미 맥이라는 동물은 다로의 바로 뒤까지 와 있었습니다. 결국 다로는 '엄마, 살려줘'라고 외치면서 맥이라는 동물의 입속으로 삼켜지고 말았습니다.

6

"애는 낮잠을 자면서 잠꼬대도 하네."

아이짱의 목소리가 들렸습니다. 다로가 번쩍 눈을 뜨니 아이짱과 아이짱네 누나의 웃는 얼굴이 눈에 들어왔습니다.

"음, 여기는 어디야?"

다로가 묻자 아이짱과 아이짱네 누나는 배를 잡고 웃었습니다.

다로가 정신을 차리고 주위를 둘러보니 거기는 마을 뒷산의 잔디 위였습니다. 다로는 거기서 아이짱네 누나가 읽어준 옛날 이야기를 들으면서 그대로 잠이 들어, 지금까지 계속 꿈을 꾸고 있었던 것입니다. 다로는 이상한 기분이 들어서 자세를 가다듬었습니다. 아이짱네 누나는 여전히 배꼽을 잡고 웃고 있었

습니다. 갑자기 스스로 창피해진 다로는 벌떡 일어나 그대로
집을 향해서 뛰어갔습니다.

– 끝 –

해설 ••

　『다로의 모험』 원서에 기제 된 저자명은 '金海相德'이다. 이는 한국 아동문학 작가 김상덕의 창씨명으로 추정된다. 김상덕는 1916년 서울[1]에서 태어났고 서양 동화의 한국어 번역, 우리 전래동화의 일본어 번역, 동화 창작, 아동연극의 소개 및 창작, 동요곡 편집 등 아동문학과 관련한 다양한 활동을 했다.

　해방 이전까지의 활동을 보면 1930년대 중반에는 『동아일보』에, 1942년부터는 『아이생활』에 작품을 발표하였고 한국의 전래동화를 일본어 번역하여 소개한 『반도명작동화집半島名作童話集』(盛文堂書店,1943)과 『조선의 고전이야기朝鮮古典物語』(盛文堂書店, 1944) 등이 있다. 특히 심청전, 춘향전 등 한국의 대표적인 고전작품을 단편 동화처럼 간추려서 번역한 『조선의 고전이야기』는 일본에서도 널리 읽힌 듯하여 1945년에 재판이 나오기도 했다. 그 외에 아동극과 관련해서 『세계동작아동극집世界童

1 『국어국문학자료사전』
(1998, 한국사전연구사)

153

『조선유희동요곡집』
(京城두루미會, 1937)

作兒童劇集』(1937)과 창작 희곡 「즐거운 소풍遠足」(『동아일보』 1938.2.18.)이 있고 동요와 율동의 동작설명을 덧붙인 『조선유희동요곡집朝鮮遊戱童謠曲集』(京城두루미會, 1937)과 전후 어머니로서의 마음가짐을 적은 『어머니 독본讀本』(南昌書林, 1942) 등이 있다. 해방 이전에 발표한 창작동화 중 장편은 일본어로 쓴 『다로의 모험』이 유일한 것 같다.

해방 이후에는 『한국동화집』(숭문사, 1959), 『학년별 즐거운 세계동화 교실』전6권(홍자출판사, 1961), 동화집 『꿈에 본 장난감』(인문각, 1963), 『소년소녀를 위한 세계 학원 명작』(집현각, 1975) 등 다수의 번역 아동도서를 출판하였다. 김상덕은 해방 직후에 부인잡지 『부인』의 주간과 학생잡지 『학우』의 편집장을 맡았고 한국아동문학회 심의위원, 상무를 역임하는 등 1930년대부터 60년대까지 아동문학가로서 왕성하게 활동해 온 인물이다.

식민지 시기에 출판한 김상덕의 저작을 살펴보면 일본어로 출판한 저서에는 창씨개명의 金海相德(가나우미 쇼도쿠)라는 이름을 쓰고 한국어 저서에는 김상덕이라고 써 저자명을 구분해서 사용했다.

예를 들어 1943년에 일본어로 출간한 『반도명작동화집』은 '가나우미 쇼도쿠金海相德편'으로 되어있고, 한국어 저서 『어머니의 힘』(南昌書館, 1943)은 '김상덕' 명으로 출판되었다. 다만, 김상덕이라는 한국인 명으로 게다가 한국어로 썼다고 해서 반드시 저항의식이나 민족적 정서가 깃들어 있다고는 보기 힘들다. 『어머니의 힘』 속표지에는 "이 적은 책자를 전시하 총후를 적히는 어머님들께 밧들어 드리나이다 대동아전 하와이 진주만공격에 구군신九軍神2의 위훈偉勳을듯고"라는 헌정사가 덧붙여져 있다. 임종국 『친일문학론』(평화출판사, 1966)의 친일문학 리스트에서 그의 이름과 작품을 확인할 수 있는 것도 이러한 연유에서일 것이다.

하지만, 식민지 시기에 김상덕이 발표한 작품들을 친일문학이라고 속단하기는 그에 관한 연구가 너무나도 부족한 것이 현실이다. 『다로의 모험』에서 다로는 조끼 입은 마키짱네 토끼의 안내로 땅 속 나라, 달나라, 태양의 나라, 별나라 그리고 마지막에는 꿈나라까지 신기한 모험을 떠나게 된다. 일장기를 봐서 알다시피 일본은 예로부터 스스로를 '태양의 나라'라 불러왔다. 그럼 『다로의 모험』 속에 그려진 태양의 나라는 어떠한가. 『다로의 모험』 속 태양의 나라는 태양열

2 진주만 공격 당시 귀환하지 못한 특별공격부대 중 생존하여 미군의 포로가 된 한 명을 제외하고 전사한 해군대위 이와사 나오지岩佐直治를 포함한 아홉 명을 구군신九軍神으로 부르고 신격화하였다.

로 인해 몸이 모두 타버리고 까만 그림자들만이 살고 있다. 그리고 소수의 원숭이 그림자들이 지배하고 있어 이상한 법률로 주민들을 착취하고 가난과 고통이 만연한 천상에서 가장 불행한 나라로 묘사되고 있다. 거지이면서 양반집안의 자손이라고 우쭐대는 어른들이 있는 태양의 나라가 혹여 일제의 식민지 지배를 받고 있던 우리 조선은 아닐지 모른다. 그렇다면 김상덕은 표지에서 내용과 상관없는 어린 학도병을 등장시키는 등 겉으로는 전쟁협력을 가장하고 속으로는 풍자와 우의를 통해 은연중에 일본의 식민지배를 비판하고 있었던 것일까. 섣부른 평가도 비판만큼이나 위험하다. 친일 혹은 저항 문학으로 속단하기 전에 이 동화가 품고 있는 우의를 차근차근 읽어낼 관심과 연구를 기다리는 것이 우선인가 싶다.

저 자

김상덕金相德(1916~

아동문학가. 서울출생. 1942년 『아이생활』을 통해 작품을 발표. 저서로는 동화집 『꿈에 본 장난감』 외에 번역 아동도서 몇 권과 일본어 서적 『朝鮮古典物語』, 『長編童話 太郎さんの冒險』이 있다.

역 자

유재진兪在眞

고려대학교 일본연구센터 소장, 고려대학교 일어일문학과 부교수, 일본근현대문학 전공
『식민지 조선의 풍경』(공역서, 고려대학교출판부, 2007), 『제국의 이동과 식민지 조선의 일본인들』(공저, 도서출판 문, 2010), 『일본의 탐정소설』(공역, 도서출판 문, 2011), 『탐정 취미-경성의 일본어 탐정소설』(공편역서, 도서출판 문, 2012) 외.

일본명작총서 23
식민지 일본어문학·문화시리즈 19

다로의 모험

초판 인쇄 2014년 3월 20일
초판 발행 2014년 3월 31일

저   자 | 김상덕金相德
역   자 | 유재진俞在眞
펴 낸 이 | 하운근
펴 낸 곳 | 學古房

주   소 | 서울시 은평구 대조동 213-5 우편번호 122-843
전   화 | (02)353-9907 편집부(02)353-9908
팩   스 | (02)386-8308
홈페이지 | http://hakgobang.co.kr/
전자우편 | hakgobang@naver.com, hakgobang@chol.com
등록번호 | 제311-1994-000001호

ISBN   978-89-6071-378-9 94830
        978-89-6071-369-7 (세트)

값 : 10,000원

이 도서의 국립중앙도서관 출판시도서목록(CIP)은 서지정보유통지원시스템 홈페이지
(http://seoji.nl.go.kr)와 국가자료공동목록시스템(http://www.nl.go.kr/kolisnet)에서 이용하실 수
있습니다.(CIP제어번호: CIP2014010348)